詞曲研究

盧前 編

貴州出版集團
貴州人民出版社

圖書在版編目（CIP）數據

詞曲研究 / 盧前編 . -- 貴陽 : 貴州人民出版社 ,
2024. 9. -- ISBN 978-7-221-18611-9
Ⅰ . I207.23
中國國家版本館 CIP 數據核字第 2024VH9049 號

詞曲研究

盧　前　編

出 版 人　朱文迅
責任編輯　馮應清
裝幀設計　采薇閣
責任印製　衆信科技

出版發行　貴州出版集團　貴州人民出版社
地　　址　貴陽市觀山湖區中天會展城會展東路 SOHO 辦公區 A 座
印　　刷　三河市金兆印刷裝訂有限公司
版　　次　2024 年 9 月第 1 版
印　　次　2024 年 9 月第 1 次印刷
開　　本　710 毫米 ×1000 毫米 1/16
印　　張　14.5
字　　數　87 千字
書　　號　ISBN 978-7-221-18611-9
定　　價　88.00 元

出版説明

《近代學術著作叢刊》選取近代學人學術著作共九十種，編例如次：

一、本叢刊遴選之近代學人均屬于晚清民國時期，卒于一九一二年以後，一九七五年之前。

二、本叢刊遴選之近代學術著作涵蓋哲學、語言文字學、文學、史學、政治學、社會學、目録學、藝術學、法學、生物學、建築學、地理學等，在相關學術領域均具有代表性，在學術研究方法上體現了新舊交融的時代特色。

三、本叢刊遴選之近代學術著作的文獻形態包括傳統古籍與現代排印本，爲避免重新排印時出錯，本叢刊據原本原貌影印出版。原書字體字號、排版格式均未作大的改變，原書之序跋、附注皆予保留。

四、本叢刊爲每種著作編排現代目録，保留原書頁碼。

五、少數學術著作原書内容有些許破損之處，編者以不改變版本内容爲前提，稍加修補，難以修復之處保留原貌。

六、原版書中個别錯訛之處，皆照原樣影印，未作修改。

由于叢刊規模較大，不足之處，懇請讀者不吝指正。

目録

總序

這部叢書發端於十年前，計劃於三年前，中歷徵稿、整理、排校種種程序，至今日方能與讀者相見。在我們，總算是「愼重將事」，趁此發行之始，謹將我們「愼重將事」的微意略告讀者。

這部叢書之發行，雖然是由中華書局負全責，但發端卻由於我個人。所以敍此書，不得不先述我個人計劃此書的動機。

我自民國六年畢業高等師範而後，服務於中等學校者七八年。在此七八年間無日不與男女青年相處，亦無日不爲男女青年的求學問題所擾。我對於此問題感到較重要者有兩方面：第一是在校的青年無適當的課外讀物，第二是無力進校的青年無法自修。

現代的中等學校在形式上有種種設備供給學生應用，有種種教師指導學生作業，學生身處其中似乎可以「不遑他求」了可是在現在的中國，所謂中等學校的設備，除去最少數的特殊情形外，大多數都是不完不備的．而個性不同各如其面的中等學生，正是身體精神急劇發展的時候，其求知慾特別增長，課內的種種絕難使之滿足，於是課外閱讀物便成爲他們一種重要的需要品．不幸這種需要品又不能求之於一般出版物中．這事實，至少在我個人的經驗是足以證明的．

當我在中等學校任職時，有學生來問我課外應讀什麼書，每感到不能爲他開一張適當的書目，而民國十年主持吳淞中國公學中學部的經驗，更使我深切地感到此問題之急待解決．

在那裏我們曾實驗一種新的教學方法——道爾頓制，此制的主要目的在促進學生自動解決學習上的種種問題，以期個性有充分之發展．可是在設備上我們最感困難者是得不着適合於他們程度的書籍，尤其是得不着適合於他們程度的有系統的書籍。

我們以經費的限制，不能遍購國內的出版品，爲節省學生的時間計，亦不願遍購國內的出版品，可是我們將全國出版家的目錄搜集齊全，並且親去各書店選擇，結果費去我們十餘人數日的精力，竟得不到幾種眞正適合他們閱讀的書籍。我們於失望之餘，曾發憤一時擬爲中等學生編輯一部青年叢書。只惜未及一年，學校發生變動，同志四散，此項叢書至今猶祇無系統地出版數種。

此是十年前的往事，然而十餘年來，在我的回憶中卻與當前的新鮮事情無異。

其次，現在中等學生的用費，已不是內地的所謂中產階級的家長所能負擔，而青年的智能與求知慾，卻並不因家境的貧富而有差異，且在職青年之求知慾，更多遠在一般學生之上。卽就我個人的經驗而論，十餘年來各地青年之來函請求指示自修方法，索開自修書目者，多至不可勝計，我對於他們媿不能盡指導之責，但對此問題之重要，卻不曾一日忽視。

根據上述的種種原因，所以十餘年來，我常常想到編輯一部可以供青年閱讀的叢書，以為在校中等學生與失學青年之助。

大概是在民國十四五年之間，我曾擬定兩種計劃，一是少年叢書，一是百科叢書，與中華書局陸費伯鴻先生商量，當時他很贊成，立卽進行，後以我們忙於他事，無暇及此，遂致擱置。十九年一月，我進中華書局，首卽再提此事，於是由計劃而徵稿，而排校，至二十年冬，已有數種排出。當付印時，因估量青年需要與平衡科目比率，忽然發現有不甚適合的地方，便又重新支配，已排就者一概拆版改排，遂致遷延至今，始得與讀者相見。

我們發刊此叢書之目的，原為供中等學生課外閱讀，或失學青年自修研究之用。所以計劃之始，我們卽約定專家，分別開示書目，以為全部叢書各科分量之標準。在編輯通則中，規定了三項要點，卽（一）日常習見現象之學理的說明，（二）取材不與教科書雷同而又能與之相發明，（三）行文生動，易於了解，務期能啓發讀者自動研究之興趣．為要達到上述目的，第一我們不翻譯外籍，以免直接採用不適國情的材料，致虛耗青年精力，第二約請中等學校教師及從事社會事業的人擔任編輯，期得各本其經驗，針對中等學生及一般青年的需要，以爲取材的標準，指導他們進修的方法．在整理排校方面，我們更知非一人之力所能勝任，乃由本所同人就各人之所長，分別擔任．爲謀讀者便利計，全部百冊，組成一大單元，同時可分爲八類，每類有書八冊至廿四冊，而自成爲一小單元，以便讀者依個人之需要及經濟能力，合購或分購．

此叢書費數年之力，始得出版，是否果能有助於中等學生及一般青年之修業進德，殊不敢必，所謂「身不能至，心嚮往之」而已．望讀者不吝指示，俾得更謀改進，幸甚幸甚．

舒新城．二十二年三月．

自序

當這一本小書，獻到讀者之前；去我屬稿的時候，差不多快要五年了．以目下的見解較之，自然有很多出入的地方．但我當時寫這一本小書，也還覺得自家有一點獨到處．

用史的進展底敍述來看這兩種不同的文體，詞與曲．又同時把這相接近的兩種文體作比較的研究．大概向來談曲的，沒有不以雜劇傳奇爲主，那是錯誤的，尤其是說明詞到曲的轉變，非以散曲爲主不可．在這一本小書中，我是這樣寫下來的．

一種文體必自含有與其他文體不同的特性，詞與曲，也是各具特性的．如何知道特性的存在呢？惟有在規律裏去尋，因此，作法是不可不知道的．現代的文人是主張研究詞曲，而不需要製作詞曲的．於是有許多不合事實的論斷便發生了.

有人說,詞是從詩解放的,曲是從詞解放的,總之詞曲是一種解放.假使,但在形式上說也許有幾分還像;若在規律上說的話,那正是相反的,詞比詩固然束縛得多,曲比詞更要束縛得多.這幾句話請讀者在未讀我這本小書之前,且考量一下.

二十三年五月十日冀野記於暨南大學

詞曲研究目錄

（天）

詞曲研究

第一章　詞的起原和創始

從詞的形式上講起詞的起原來，大都在「長短句」的長短二字上著想。於是有人說，詞源於三百篇。並且取出證據來，如：召南殷其雷篇「殷其雷，在南山之陽。」這是三言和五言。小雅魚麗篇「魚麗於罶，鱨鯊。」這是四言和二言。齊風還篇「遭我乎猺之間兮，並驅從兩肩兮。」這是七言和六言。召南江有汜篇「不我以，不我以，」這是疊句韻。豳風東山篇「我來自東，零雨其濛。鸛鳴于垤，婦歎于室。」這是換韻調。召南行露篇「厭浥行露」的第二章「誰謂雀無角！」這是換頭。同時，也有人說，詞是從古樂府推化而出的。成肇麐在七家詞選序裏說：「十五國風息而樂府興，樂府微而歌詞作，其始也皆非有一成之律以爲箎也。抑揚抗隊之音，短修之節，連轉於不自已，以蘄適歌者之吻。而終乃上躋於雅頌，下衍爲文章之流別。」王應麟困學紀聞也有這樣的話：「古樂府者，詩之旁行也，詞曲者，古樂府之末造也。」在這兒我們可以看得出，除了根據形式上字句長短的差異，推論詞的起源；音樂上的關係也不能不說是產生詞體重要的原因了。方成培說：「古者詩與樂合，而後世詩與樂分；古人緣詩而作樂，後人倚調以塡詞，古今若是其不同，而鐘律宮商之理，未嘗有異也。自五言變爲近體，樂府之學幾絕。唐人所歌，多五七言絕句，必雜以散聲，然後可被之管絃，如陽關必至三疊而後成音，此自然之理。後來遂譜其散聲，以字句實之，而長短句興焉。」——見香研居詞麈——不過這種音樂的根據，又從何而起呢？大約可分作三種來講：(一)古樂的遺留。在舊唐書音樂志裏，說得狠詳細，「宋梁之間，南朝文物號爲最盛。人謠國俗，亦世有新聲。後魏孝文宣武，用師淮漢，收其所獲南音，謂之「清商樂。」隋平陳，因置清商署，總謂之清樂。遭梁陳亡亂，所存蓋鮮。隋室以來，日益淪缺。武太后之時，猶有六十三曲。……自長安以後，朝廷不重古曲，工伎轉缺，能合於管弦者，唯明君，楊伴，驍壺，春歌，秋歌，白雪，堂堂，春江花月等八曲。」足見古曲逐漸的陵替底狀況。在同書音樂志又說：「自開元以來，歌者雜用胡夷里巷之曲。」所謂胡夷里巷之曲，便是影響於「詞」最為重要的。現在且分開來敍述。(一)胡曲的輸入。中國音樂受外來影響，在歷史上，漢以前我們不知道；漢以後，我們很可曉得的，翻開隋書音樂志來，便有詳細的記載。唐代詩人如王之渙王昌齡諸人的詩，在旗亭傳唱，恐怕很多就是用流行的外來的歌譜。我們看舊唐書音樂志的話可知。「自周隋以來，管絃雜曲將數百曲，多用西涼樂。鼓舞曲多用龜茲樂。其曲度皆時俗所知也。」時俗所知，已可見胡曲在民間的普遍了。在崔令欽教坊記所載三百二十五曲，有許多鼓舞曲，像獻天花，歸國遙，憶漢月，八拍蠻，臥沙堆，怨黃沙，遐方怨，怨胡天，牧羊怨，阿也黃，羌心怨，女王國，南天竺，定西蕃，望月婆羅門，穆護子，贊普子，蕃將子，胡攢子，西國朝天，胡僧破，突厥三臺穿心蠻，龜茲樂等……望名可知其爲胡曲，或自胡曲蛻變出，至少也是受過胡曲影響的。蔡絛詩話也說過：「按唐人西域記龜茲國王與其臣庶之知樂者，於大山間聽風水聲均節成音。復翻入中國，如伊州，甘州，梁州等曲，皆自龜茲所致。」於此，我們曉得古曲衰而胡曲侵入因爲這樣音樂上一次變動，後來漸化爲我們自己的，利用外來的樂器而自編新譜，自製新詞。其次，里巷之曲，也是「詞」的種子。（三）俚詞的採倣在最早許多詞調之中，如竹枝詞，楊柳枝，浪淘沙，憶江南，調笑，三台等頗多就是從里巷出來的。所謂里巷之曲因爲散在各地，有些狠偏僻的地方，並且這種曲大都有「地方性；」所以不大普遍的，而爲文人所喜，便形成初期的「詞」了。劉禹錫在竹枝詞序裏就說：「里中兒聯歌竹枝，吹短笛擊鼓以赴節。歌者揚袂睢舞，以曲多爲賢。聆其音，中黃鐘之羽。卒章激訐如吳聲，雖傖儜不可分，而含思宛轉，有淇澳之豔。」把素不見重的民歌，漸漸的文藝化。他如張志和的漁歌子，想來是潤飾或者改作當時的漁歌而成。

元結的欸乃曲或亦模倣船歌而作。可見里巷之曲，雖不是「詞」惟一的因緣，然而和「詞」也頗有關係。從上面的話看來，無論就形式去推論，或源音樂而考究；「詞」的起原決不如向來詞論家所說那麼單純。

在任何一種文學的體裁沒有確定以前，都是屬於大衆的。等到這種體裁固定了以後，又必漸變爲個人的。「詞」也不是例外。以上所談還是「詞」的胚胎，而非創始的「詞」。「詞」在這兒我先解釋「詞」這個名稱。

有人借用「意內言外」來解釋「詞，」這不是「詞」之所以爲詞。詞本來與曲相對而言，聲音的疾徐，腔調的高低；就是所謂曲。而所塡的文字叫做「詞，」就如現在泛稱的詞章一樣的意思。又因此種詞章的形式，別稱爲「長短句。」還有人稱之爲「詩餘」的。所謂「詩餘，」並不是因爲有王應麟那班人說詞曲者，古樂府之末造；於是便說他是詩之餘。據我的解釋，就是許多情感或者許多境界，在「詩」這種體裁裏，不容易表現出來；我們不得不在「詩」之外另創一種體裁;此體裁是詩之外的,故名「詩餘。」我在我的詞學通評中曾說過:「或名詩餘者,意非可以入詩,詩之所餘,自成其式之謂。」「詩餘」既然自有獨立的意義,與別體便不相干涉了。這「詞,」「長短句,」「詩餘,」三種名稱,都是指這同一樣的體裁而言。此外還有什麼「新聲,」「餘音,」「別調,」「樂府,」……皆是詞人爲他的作品題的,並不是這種體裁的名稱。以下談「創始的詞,」我們可於此看出「詞調」的來源。

無論是古代的遺留,或者胡夷里巷之曲;這大都爲大衆所欣賞的。後來便有個人創製了。個人創製也有兩個時期:最早的是皇家或貴族,這時詞體初定,大約先製曲,逐漸塡文字進去。如羯鼓錄上面說:「明皇愛羯鼓玉笛,云八音之領袖。時春雨始晴,景色明麗。帝曰:對此豈可不爲判斷?命羯鼓臨軒縱擊,曲名春光好。回顧柳杏皆已微坼。」教坊記:「隋大業末,煬帝幸揚州。樂人王令言以年老不去,其子從焉。其子在家彈琵琶。令言驚問:此曲何名?其子曰:內裏新翻曲子,名安公子。令言流涕悲愴，謂其子曰：爾不須扈從，大駕必不回。子問故，令言曰：「此曲宮聲，往而不返。宮爲君，吾是以知之。」又「春鶯囀，高宗曉聲律，晨坐聞鶯聲。命樂工白明達寫之，遂有此曲。」樂府雜錄上也有記的：「黃驄疊，太宗定中原時所乘戰馬也。後征遼，馬斃，上嘆惜，乃命樂工撰此曲。」又「雨霖鈴，明皇自西蜀返，樂人張野狐所製。」又如傾盃樂，宣帝喜吹蘆管，自製此曲，初捻管令排兒辛骨黜拍不中，上瞋目瞠視，骨黜憂懼，一日而殞。這些，未必有辭的。在塡詞名解上：「天仙子，唐韋莊詞，劉郎此日別天仙云云，遂采以名。」那麼曲與詞都製好的了。後來詞到黃金時代，不是皇家貴族，詞人自己也創製。塡詞名解有很多的記載。如「宋秦觀謫嶺南，一日飲於海棠橋野老家，遂醉臥。次早題詞於柱而去。末句云，醉鄉廣大人間小。此調遂名醉鄉春。」又「揚州慢，中呂宮詞調，宋姜夔自度曲也。淳熙中夔過維揚，愴然有黍離之感，作感舊詞，因創此調也。」又「宋史達祖作詠燕詞，卽名其調曰雙雙燕。」又「雲仙引，馮偉壽桂花詞，自度此調。」再看毛滂題剔銀燈詞：「同公素賦侑歌者以七急拍拜勸酒，以詞中頻剔銀燈語名之。」我們從上面可知創一詞調，或就動機，或就對象，或取詞中語命名。還有許多調名，楊用修與都元敬曾經考得很詳細，譬如蝶戀花，取梁元帝「翻階蛺蝶戀花情」句。滿庭芳，取吳融「滿庭芳草易黃昏」句。點絳脣，取江淹「白雪凝瓊貌，明珠點絳脣」句。鷓鴣天，取鄭嵎「春遊鷄鹿塞，家在鷓鴣天」句。惜餘春，取太白賦語。浣溪紗，取杜陵詩意。青玉案，取四愁詩語。踏莎行，取韓翃詩：「踏莎行草過青溪。」西江月，取衞萬詩：「只今惟有西江月。」菩薩蠻是西域婦人的髻子。蘇幕遮是西域婦人的帽子。尉遲杯，因為尉遲敬德飲酒必用大杯。蘭陵王，因為蘭陵王入陣先歌其勇。生查子是古槎子，張騫乘槎故事。瀟湘逢故人又是柳渾的詩句。他如玉樓春，取白樂天詩：「玉樓宴罷醉和春。」丁香結，取古詩：「丁香結恨新。」霜葉飛，取杜詩：「清霜洞庭葉，故欲別時飛。」清都宴，取沈隱侯詩：「朝上閶闔宮，夜宴清都闕。」風流子出文選，劉良文選註上說：「

風流言其風美之聲，流於天下；子者男子之通稱。」荔支香出唐書；貴妃生日，命小部奏新曲，未有名。適進荔支至，因名命荔支香。解語花出天寶遺事，亦明皇稱貴妃語。解連環，據莊子「連環可解」的話。華胥引出列子：「黃帝晝寢，夢游華胥之國。」塞垣春，「塞垣」二字見後漢書鮮卑傳。玉燭新，「玉燭」二字出爾雅。多麗，張均妓名，善琵琶。念奴嬌，唐明皇爲宮人念奴作。足見爲各個詞調立名的時候，原因也頗複雜的。

「詞」在這創始時，我們也可以說唐人的詞，大都「緣題生詠，」從調名一方面看出此調所以創製的緣故，一方面詞的內容約略可以望文而知。緣臨江仙言水仙，女冠子說道情，河瀆神緣祠廟的事，巫山一段雲狀巫峽，醉公子就講公子的醉；以調爲題，觸景生情，必合詞名的本意。後來就不如此了。

問題

一 「詞」是不是就從「詩」演化出來？

二　詞句長短是爲著什麼關係？

三　古樂的遺留，胡曲的輸入所予詞的影響孰輕孰重？

四　初期的「詞」何以有一部分還帶著地方性？

五　詞的別名「詩餘」其意義究竟何在？

六　形成詞調以後，創製調名有多少不同的方法？

參考書

鄭振鐸　詞的啓源篇。見鄭著中國文學史中世卷第三篇上冊，商務印書館印行。

胡　適　詞的啓源篇。見胡適詞選附錄。出版處同上。

傅汝楫　尋源，述體見傅著最淺學詞法第一、二章。大東書局印行。

第二章　詞各方面的觀察

詞分作小令，中調，長調，猶之詩分作古體近體一樣。這個名目，始自草堂詩餘。錢唐毛氏說：「五十八字以內爲小令；五十九字至九十字，爲中調；九十一字以外爲長調；古人定例也。」這是很可笑的話，所謂定例，究竟是什麽根據？假使少了一字爲短，多了一字爲長，這決不是合理的事。譬如七娘子有五十八字調，有六十字調；那麽說是小令，還是中調呢？譬如雪獅兒有八十九字調，有九十二字調；那麽說是中調，還是長調呢？這種分析是靠不住的，而且於詞也沒有便當，不過如詞綜所說以臆見分之而已。其實草堂舊刻，也有這種分類；並沒有標出小令，中調，長調的名色。在嘉靖的時候，上海顧從敬刻類編草堂詩餘四卷，才把三個名目寫出來。何良俊序中說「從敬家藏宋刻，較世所行本多七十餘調，明係依託；自此本行，而舊本遂微。」於是小令，中調，長調的分別，便牢不可破了。（

現在通例：五十字以下爲小令，百字以下爲中調，百字以上爲長調；相差一兩字，也不妨移置，不必十分的限制。）

詞中還有調異名同，名異調同二種。調異名同的比較少些，如長相思，浣溪紗，浪淘沙在小令裏有，長調裏也有，是迥然有別的。名異調同的就有許多，讓我來列舉於下，免初學者爲之迷惑。

如搗練子杜晏二體卽望江樓，荊州亭卽清平樂，眉峯碧卽卜算子，月中行卽月宮春，惜分飛卽惜雙雙，桂華明卽四犯令，清川引卽涼州令，杏花天卽於中好，番鎗子轆轤金井卽四犯剪梅花，月下笛卽瑣窗寒，八犯玉交枝卽八寶妝，薦金蕉卽虞美人之半，醉思仙卽醉太平，折丹桂卽一落索，醉桃源卽桃源憶故人，醉春風卽醉花陰，惜餘妍卽露華，慶千秋卽漢宮春，月交輝卽醉蓬萊，雪夜漁舟卽繡停鍼，戀春芳慢卽萬年歡，月中仙卽月中桂，菩薩蠻引卽解連環，十六字令卽蒼梧謠，南歌子卽南柯子，又卽春宵曲，雙調卽望秦川，又卽風蝶令，三臺令卽翠華引，又即開元樂，憶江南即夢江南，望江南，江南好，又即謝秋娘，其望江海夢江口歸塞北春去也等名，則人不甚知道了，深夜月即搗練子，陽關曲即小秦王，賣花聲過龍門曲入眞即浪淘沙，憶君王玉葉黃欄干萬里心即憶王孫，宮中調笑轉應曲三臺令即調笑令，憶仙姿宴桃源即如夢令，一絲風桃花水即訴衷情，內家嬌即風流子，紅娘子灼灼花即小桃紅，水晶簾即江城子，烏夜啼上西樓西樓子月上瓜洲秋夜月憶眞妃即相見歡，雙紅豆憶多嬌吳山青即長相思，醉思凡四字令即醉太平，愁倚欄令即春光好，一痕沙宴西園即昭君怨，溼羅衣即中興樂，南浦月沙頭月占櫻桃即點絳脣，月當窗即霜天曉，百尺樓即卜算子，羅敷媚羅敷豔歌采桑子即醜奴兒，青杏兒似娘兒即促拍，醜奴兒慢子夜歌重疊金即菩薩蠻，釣船笛即好事近，好女兒即繡帶兒，玉連環洛陽春上林春即一落索，花自落垂楊碧即謁金門，喜冲天即喜遷鶯，秦樓月碧雲深玉交枝即憶秦娥，江亭怨即荊州亭，憶羅月即清平樂，醉桃源碧桃春即阮郎歸，烏夜啼即錦堂春，虞美人歌胡搗練即桃園憶故人秋波媚即眼兒媚，早春愁即柳梢青，小闌干即少年游，步虛詞白蘋香即西江月，明月棹孤舟夜行船即雨中花，春曉曲玉樓春惜春容即木蘭花，玉瓏璁折紅英即釵頭鳳，思佳客即鷓鴣天，舞春風即瑞鷓鴣，醉落魄即一斛珠，一蘿金黃金縷明月生南浦鳳棲梧鵲踏枝捲珠簾魚水同歡即蝶戀花，南樓令即唐多令，孤雁兒即玉階行，月底修簫譜即祝英臺近，上西平西平曲上南平即金人棒露盤，上陽春即驀山溪，瑞鶴仙影即悽涼犯，鏁陽臺滿庭霜即滿庭芳，碧芙蓉即尾犯，綠腰即玉漏遲，花犯念奴即水調歌頭，紅情即暗香，綠意即疏影，催雪即無悶，瑤臺聚八仙八寶粧即秋雁過粧樓，百字令百字謠大江東去酹江月大江西上曲壺中天淮甸春無俗念湘月即念奴嬌，疏簾淡月即桂枝香，小樓連苑莊椿歲龍吟曲海天闊處即水龍吟，鳳樓吟芳草即鳳簫吟，臺城路五福降中天如此江山即齊天樂，柳色黃即石州慢，四代好即宴清都，菖蒲綠即歸朝歡，西湖即西河，春霽即秋霽，望梅杏梁燕，玉聯環即解連環，扁舟尋舊

二四

約卽飛雪滿羣山，惜餘春慢蘇武慢選冠子卽過秦樓，壽星明卽沁園春，金縷曲貂裘換酒乳燕飛風敲竹卽賀新郞，安慶摸買陂塘陂塘柳卽摸魚兒，畫屏秋色卽秋思耗，綠頭鴨卽多麗，箇儂卽六醜。這裏面有許多是割裂名篇中的警句而來。至於拼合幾調而成新名，在詞中是不多見的。

就詞體論，有兩種特殊的地方，與詩絕不相似。一、「檃體括，」所謂檃括，就是化許多詩成爲詞句，此等風氣開自周美成，南宋諸家相沿成習。至辛稼軒，陸放翁的「掉書袋，」尤其奇異，什麼經書史籍，無一不可入詞。好處是借別人的巧話爲我的雋語，而不能發抒自己的眞性情，便是弊病。二、「迴文體，」逐句迴文，蘇東坡就有這種辦法；到了明朝，湯義仍輩竟通首迴起來了。譬如丁藥園便愛爲此，舉例如下：

下簾低喚郞知也，也知郞喚低簾下；來到莫疑猜，猜疑莫到來。道儂隨處好，好處隨儂道；書寄待何如？如何待寄書。

畢竟是近於纖巧了。大概惟體是求，不免就自縛才力；白石以後，在一闋前又必多作題目，把詞意先在散文中顯示了，於是詞的本身底情味便覺淡薄。至於詠物的詞，非有寄託不可。南宋詞人有一時期因為不便（直接可以是不敢）直說出他們中心的苦悶，所以託賦一物以自見後來失了原意，以詠物為詞中一體，翻檢類書，堆砌典故，更是味同嚼蠟。如朱彝尊茶煙閣體物集，沁園春賦耳口鼻……實在無聊之至。沈伯時樂府指迷「音律欲其協，不協則成長短之詩；下字欲其雅，不雅則近乎纏令之體；用字不可太露，露則直突而無深長之味；發意不可太高，高則狂怪而失柔婉之意。此四語為詞學之指南，各宜深思也。」這全就製作的技巧來談，大概一種文學起初是自然的，形成專體以後，無不逐漸在技巧上進展。詞尤其逃不出此例。以下讓我把詞所用字，韻法式，和簡易的作法分幾段來講，這也是研究詞者所必要的知識。

字有平仄，無論什麼人都知道的，稍詳細一點分四聲，再精細些就辨陰陽聲。詞之爲長短句，一切平仄在創調的時候，按宮調管色的高下，立定程序。而字音之開齊撮合，別有美妙。古人成作，有許多讀之拗口，正是音律最諧的地方。張綖詩餘圖譜遇着拗句，便改做順適，實在是可笑的。大概這種拗調，澀體，淸眞夢窗白石三家集中最多。如淸眞詞瑞龍吟「歸騎晚纖纖池塘飛雨。」草窗詞鶯啼序「快展曠眼，傍柳繫馬。」白石詞暗香「江國正寂寂，」讀起來都有些拗口。雖然平仄之分，不過兩途；而仄還有上去入三種分別，在仄處不能三聲統用的。大約一調中統用的有十之六七，不可統用的也有十之三四，下字時都經過斟酌的。因爲一調自有一調的風度聲響，假使上去互易，便有落腔之弊。如齊天樂有四處必須用去上聲，淸眞詞「雲窗靜掩，露囊淸夜照書卷。憑高眺遠，但愁斜照斂。」「靜掩，眺遠，照斂，」非去上不可。雖入可作上，也不相宜。（此說詳後）此外如蘭陵王仄聲字多，壽樓春平聲字多，應當一一遵守，不能混用。因爲上聲舒徐和軟，其腔低；去聲激厲勁遠，其腔高；配搭用起來，纔抑揚悅耳。所以兩去兩上最當避用，如再間用陰陽聲，更可動聽。萬樹說：「名詞轉折跌蕩處，多用去聲；這是很有心得的話。黃人論曲：「三仄應須分上去，兩平還要辨陰陽。」於詞何獨不然呢？至入叶三聲，（仄當分作八部；以屋沃燭爲一部，覺藥鐸爲一部，質職迄昔錫職德緝爲一部，術物爲一部，陌麥爲一部，沒曷末爲一部，月黠叠屑薛葉帖爲一部，合盍業洽狎乏爲一部。）戈載分之爲五部，雖然太寬而分派三聲，約分列在各部之下。入作平，作上，作去，我們可按詞林正韻（王氏四印齋刊本中有）而索得，並且皆有切音，使人知有限度，並不得濫用了。例如：晏幾道梁樹令「莫唱陽關曲」，曲字作邱雨切，叶魚虞韻。辛棄疾醜奴兒慢「過者一霎」，霎字作始鮓切，叶家麻韻。我們於此可以知道入聲固有一定的法則。

論詞韻，與詩韻曲韻都不相同。戈載詞林正韻分十九部，清初沈謙的詞韻略，删併又頗多失當，分合之界模糊不清。同時趙鑰曹亮武都有詞韻，和沈氏大同小異。李漁的詞韻列二十七部，根據鄉音，頗爲人所不滿。胡文煥文會堂詞韻平上去三聲用曲韻，入聲用詩韻，不免是騎牆之見。許昂霄詞韻考略，亦以今韻分編，平上去分十七部，入聲分九部，又說什麼古通古轉，今通今轉，借叶。自稱本樓敬思洗硯集，以平聲貴嚴故從古，上去較寬便參用古今，入聲更寬所以從今。但不知何古何今，又何爲借叶？眞無異癡人說夢了。吳烺程名世諸人的學宋齋詞韻，所學的却是宋人誤處；鄭春波的綠漪亭詞韻也不過爲之羽翼而已。吾師吳瞿安先生參酌戈沈二書，分爲二十二部，並列其目。（韻目用廣韻）

第一部	平一東	二冬	三鍾	
	上一董	二腫		
	去一送	二宋	三用	
第二部	平四江	十陽	十一唐	
	上三講	二十六養	三十七蕩	
	去四絳	四十一漾	四十二宕	

第三部 平三支 六脂 七之 八微 十二齊 十五灰
上四紙 五旨 六止 七尾 十一薺 十四賄
去五寘 六至 七志 八未 十二霽 十三祭
十四太半 十八隊 二十廢

第四部 平九魚 十虞 十一模
上八語 九麌 十姥
去九御 十遇 十一暮

第五部 平十三佳半 十四皆 十六咍
上十二蟹 十三駭 十五海
去十四太半 十五卦半 十六怪 十七夬 十九代

第六部 平十七眞 十八諄 十九臻 二十文 二十一欣
二十三魂 二十四痕

上十六軫　十七準　十八吻　十九隱　二十一混
二十二很
去二十一震　二十二稕　二十三問　二十四焮　二十六慁　二十七恨

第七部　平二十二元　二十五寒　二十六桓　二十七刪　二十八山　一先
二仙
上二十阮　二十三旱　二十四緩　二十五潸　二十六產　二十七銑
二十八獮
去二十五願　二十八翰　二十九換　三十諫　三十一襉　三十二霰
三十三線

第八部　平三蕭　四宵　五肴
上二十九篠　三十小　三十一巧　三十二晧
去三十四嘯　三十五笑　三十六效　三十七號

第九部　平七歌　八戈
上三十三哿　三十二果
去三十八箇　三十九過
第十部　平十三佳半　九麻
上三十五馬
去十五卦半　四十禡
第十一部　平十二庚　十三耕　十四清　十五青　十六蒸　十七登
上三十八梗　三十九耿　四十靜　四十一迥、四十二拯　四十三等
去四十三映　四十四諍　四十五勁　四十六徑　四十七證　四十八澄
第十二部　平十八尤　十九侯　二十幽
上四十四有　四十五厚　四十六黝
去四十九宥　五十候　五十一幼

第十三部　平二十一侵
上四十七寑
去五十二沁
第十四部平二十二覃　二十三談　二十四鹽　二十五添　二十六咸　二十七銜
二十八嚴　二十九凡
上四十八感　四十九敢　五十琰　五十一忝　五十二儼　五十三豏
五十四檻　五十五范
去五十三勘　五十四闞　五十五豔　五十六㮇　五十七釅　五十八陷
五十九鑑　六十梵
第十五部　入一屋　二沃　三燭
第十六部　四覺　十八藥　十九鐸
第十七部　五質　七櫛　九迄　二十二昔　二十三錫　二十四職

二十五德　二十六緝

第十八部　六術　八物

第十九部　二十陌　二十一麥

第二十部　十一沒　十二曷　十三末

第二十一部　十月　十四黠　十五舝　十六屑　十七薛　二十九葉

三十帖

第二十二部二十七合　二十八盍　三十一洽　三十二狎　三十三業　三十四乏

韻有開口閉口的分別，第二部江陽，第七部元寒是開口音；第十三部侵，第十四部覃是閉口音。有時容易混淆的如第六部，第十一部，和第十三部，宋人就往往牽連混合，這因爲作者避難就易，不明開閉口的道理。總之，詞韻是一種專門學問，以前韻學的失敗，有四個緣故：一、因爲淺學之士，妄選韻書；二、蹇於牙吻，囿於偏方，或者稍窺古法，而自已叶唑不明，三、更有妄人不知古例，孟浪押韻，四、才劣口給者樂三弊，而爲他們張幟。於是詞韻之紊亂，幾乎不可收拾了。

比詞韻更不易明白的，便是音律。音律特別是專學，現在我且簡單的說幾句。音有七：宮，商，角，徵，羽，變宮，變徵。律有十二：黃鐘，大呂，太簇，夾鐘，姑洗，中呂，蕤賓，林鍾，夷則，南呂，無射，應鍾。以七音乘十二律，得八十四音，這叫做宮調。以宮乘十二律名曰宮。以商角，，六音乘十二律曰調。所以宮有十二，調有八十四。宋詞中淸眞，屯田自注宮調於各牌下，夢窗雖然仍舊，但譜已亡了。這八十四調是音律的次第，論音律的應用，只有黃鐘，仙呂，正宮，高宮，南呂，中呂，道宮七宮。大石，小石，般涉，歇指，越調，仙呂，中呂，正平，高平，雙調，黃鐘，羽商十二調。其所以然的道理甚精微，可參看傅氏學詞法第四五章。

在音律一方面是屬於聲樂的，在詞章一方面是屬於文字的；大概宋時有有譜而無詞的，在現在却變成有詞而無譜。今之所謂譜，如萬樹詞律，欽定詞譜，舒夢蘭白香詞譜，塡詞圖譜，皆是文字的譜，因爲歌法已廢，所遺留的文字的譜

也無法考訂了

詞有六百六十幾調，而體有一千一百八十多，我們按譜塡字，祗求不背古人法式。譬如意思有多少，配貼幾句；既定以後，就可運筆。凡題意寬大，可以直抒胸肊的要用長調；題意較纖仄，便宜於用中調或小令。至於悲歡哀樂的情緒，也有一定法度。商調南呂諸詞近於悲怨，正宮高宮的詞宜於雄大；越調冷雋，小石風流，可看詞旨如何去擇調。有人以些調名的字面強合本意，最爲可笑。如送別用南浦，（此是歡詞。）祝壽用壽樓春（此是悼亡詞）之類。大抵小令注重蘊藉含蓄，要有言外之意；中長調（又合稱慢詞）結搆布局，最須勻稱。字義也是要十分分辨的，因爲我國文字往往有一字好幾音。譬如「蕭索」，「索」叶速；「索取，」「索」叶嗇。數目的「數」叶素；煩數的「數」叶朔。睡覺的「覺」去聲，知覺的「覺」入聲。多少的「少」上聲，老少的「少」去聲。平時習誦，非一一加以考核不可。

其次，談詞的句法，現在取一字句到七字句來研究。

「一字句，」　除十六字令第二句外，平常都用做領字。（多仄聲如正漸又等。）

「二字句，」　大概用在換頭首句，或者暗韻處。有「平仄，」「仄平，」「平平，」「仄仄，」四種。「平仄」用的最多，如無悶「清致，悄無似。」「清致」二字便是。

「三字句，」　通常用「仄仄平」如多麗「晚山青」便是。「平平仄，」「仄平仄，」「平平平，」「仄仄平，」「仄仄仄，」大半近於領頭句了。（領頭句是不完全的句子。）

「四字句，」　「平平仄仄，」「仄仄平平，」這種當然是普通的格式，但水龍吟「是離人淚，」是上一下三的句法。如曲江秋「銀漢墜懷，漸覺夜闌」是「平仄仄平」的句法。

「五字句，」 有上二下三，與上一下四兩種。「平平平仄仄，」「仄仄仄平平，」「仄仄平平仄，」「平平仄仄平，」皆上二下三句法。如燕歸梁「記一笑千金，」便是上一下四句法。如壽樓春第一句用五平聲字在「五字句」中是特殊的。

「六字句，」 有普通用在雙句對下，和折腰兩種用法。平仄無定，並且詞中不多見。

「七字句，」 有上四下三和上三下四兩種，上四下三如詩句，至於像唐多令「燕辭歸客尙淹留」便屬於上三下四了。

此外「八字句」「九字句」無非合三五、四五成句而已。結聲字，（第一韻和兩疊結韻處。）第一韻叫做「起調，」「兩結韻」叫做「畢曲，」三處下韻的音却必須相等。我們讀詞可細心的按句逐韻的考覈。至於製作種種說法，在詞話中很多，本書並非專談塡詞的，並且現在詞之有無塡作的需要，這也是另一問題。

問題

一　試論小令，中調，長調的區別。

二　名異調同和調異名同，那一種最容易淆亂人的觀念？

三　「櫽括」和「迴文」，詩中有而此體否？試尋檢之。

四　如何而產生詠物詞？（參閱本書第四章。）

五　上去兩聲何以不能在詞中通用？如何知道入聲作去作上？

六　以前的詞韻爲何而失敗？

七　在詞上應用的音律有幾宮幾調？

八　詞調的選擇與詞旨有何關係？

九　試考詞中一字句到七字句的用法，究竟那一種最普遍？

參考書

吳梅：詞學通論。（東南大學講義）

傅汝楫：最淺學詞法。（大東）

第三章 幾個重要的詞家(上)

無論研究那一種文學，必定要直接向作品裏去探討，詞當然也不是例外。但是這麼多的詞集，從那裏下手才好呢？我們要看每個人的專集，現在很流行的，有毛刻六十一家詞（就是汲古閣本）王刻詞（就是四印齋本）朱刻詞（就是彊邨叢書本。）大部分是專集。不過，這決非入門的書籍。要初步去研究詞，還是用選本爲宜。詞的選本也很多，從趙崇祚花間集起，什麼黃昇花菴絕妙詞，中興以來絕妙詞，陳景沂金芳備祖樂府，元好問中州樂府，彭致中鳴鶴餘音，鳳林書院元詞樂府補題，許有孚圭塘欸乃集，顧梧芳尊前集，（尊前集有兩部，最早的只留書名而沒有傳本。這是明朝人顧梧芳用他原名另外編輯的。）楊愼詞林萬選，陳耀文花草粹編，沈際飛草堂詩餘廣集，茅映詞的卓人月詞統，眞可謂名目繁多。朱彝尊後來又選唐五代宋金元詞三十卷，曰詞綜，這比較是有宗旨而選輯的。在康熙四十六年沈辰垣這班人奉敕撰百卷，一共取了九千多闋，這便是歷代詩餘，是一部重要的詞選。王昶又加了吳則禮到吳存二十八位詞人的作品，成詞綜補人，又因爲朱彝尊詞綜缺明淸二代的詞，遂搜輯明詞綜三十卷，國朝詞綜四十八卷，二集二卷。黃燮淸又有國朝詞綜續編二十四卷。丁紹儀有國朝詞綜補，陶梁有詞綜補遺，又有女詞綜二卷，可惜沒有傳下來。這些選本卷帙頗富，不是一時所能看得完的。比較簡略而最爲初學所取讀的，就是張惠言張琦的宛鄰詞選，（平常大家簡稱做詞選）從李白起一共四十四家，一百十六闋詞。他們的外甥婿董毅撰續詞選共五十二家，加了一百二十二闋詞。惠言的信徒周濟又輯詞辨十卷，這是最有主張的采選，這部選本後來讓一位姓田的在水中飄失了，祗存下前兩卷來。至於限時代的選集，如劉逢祿的詞雅，只是取唐五代宋三朝。成肇麐的唐五代詞選，（這部書最近商務有古活字本）取唐，五代的詞品，皆極精審。此外並限於家數的，如周之琦心日齋十六家詞，從唐到元。周濟的宋四家詞選，此書向為詞壇推稱選本的正鵠。馮煦的宋六十一家詞選，戈順卿的宋七家詞選，也皆初學最可寶貴的選本。還有朱祖謀的宋詞三百首，我看詞之研究者可以第一部去看他。此外更有許許多多選本，我在這兒不必再絮叨叨的敍述了。

我們讀某一位詞人的作品，最好還要知道這個人的身世，更進一步要知道他作這闋詞的動機。那麼非注意「詞話」不可，詞話從前曾有叢編，遺漏很多。即以清人的著作而論，如彭孫遹金粟詞話，毛大可西河詞話，沈雄柳塘詞話，董以寧蓉湖詞話，李調元雨村詞話，陸鎣問花樓詞話，趙慶熹聽秋聲館詞話，吳衡照蓮子居詞話，賀裳皺水軒詞筌，王士禎花草蒙拾，彭孫遹詞藻，王又華詞論，徐釚詞苑叢談，劉體仁七頌堂詞繹，鄒祇謨遠志齋詞衷，方成培香研居詞塵，宋翔鳳樂府餘論，張宗橚詞林紀事，馮金伯詞苑萃編，周濟介存齋論詞雜著，孫麟趾詞選，蔣劍人芬陀利室詞話，況周頤蕙風詞話，江順詒詞學集成，……寫不盡的瓌寶，可惜散見各處，這都是我們研究詞者的寶貝。（現在我的朋友鄭振鐸先生正預備整理彙刻。）

在此處，讓我且擇出幾個重要的詞家，使初學者加以注意。同時也可得到研究詞的方法。大概考證，欣賞，製作是三種不同的途徑，但是最低度的却應當同一的尋相當的了解；我所謂方法，便是求了解的意思，非指考證一項而言。

平林漠漠煙如織，寒山一帶傷心碧，暝色入高樓，有人樓上愁。 玉階空佇立，宿鳥歸飛急；何處是歸程？長亭更短亭！

——菩薩蠻

簫聲咽，秦娥夢斷秦樓月。秦樓月，年年柳色，灞陵傷別。 樂遊原上清秋節，咸陽古道音塵絕。音塵絕，西風殘照，漢家陵闕。

——憶秦娥

我們說唐代的詞，不能不先說李白。在李白前不獨柳範折桂令，沈佺期也有回波詞，實在都是六言詩。就是唐明皇（李隆基）的好時光，雖見在尊前集，好多人都說是僞作。李白這兩首詞同時懷疑的也不少。如清平樂確有許多理由，可證其非李白作；而這兩首詞，是沒充分的根據來推翻的。胡適之先生在詞的啓源裏據杜陽雜編說菩薩蠻不是李白的手筆，旁證太少，這也難足信。（鄭振鐸的詞的啟源中有駁論）劉融齋說：「菩薩蠻，憶秦娥，足抵杜陵秋興；想其情境，殆作於明皇西幸之後。」此語前人所沒說過的。實在這兩首詞非後人所能僞託，繁音促節，長吟遠慕，使我們想見那樣高冠岌岌大詩人的風度。他的詞留在全唐詩十四首，尊前集也收了十二首。

現在我們且以菩薩蠻爲例，供我們欣賞一下。在這首詞就有許多不同的解釋。我有一位朋友，他曾經對學生講：「有人樓上愁。」這個「人」我們可以說是「她，」她懷着她的「他，」流落在他鄉，現在不知怎麼樣了？而下闋「玉階空佇立，」這佇立的人，便是他鄉的「他。」他見鳥歸飛，而自己不能歸，便感傷起來。照此說來這首詞上下闋描寫兩人兩地，互相想念之情。而我的意見，就和我的那位朋友不相同。我以爲就王靜安先生所謂「境界」二字講來，這兒所表現的是樓上和樓下兩個境界，這個人先在樓上，從遠攝近，所以用「平」來形容「林，」用「一帶」來寫「山，」用「入」來聯絡，皆居高對低的光景。而下闋是自低眺高，所以見「宿鳥」「歸飛；」後面推到「歸程」——長短亭，」那便是從近至遠了。上闋寫的「靜，」下闋寫的「動；」也可見「愁」是如何的！用「漠漠」寫「煙，」所以說「暝色」用「傷心」來說山之「碧，」所以「有人」是在「愁」著。這詞的技巧，非常周密，倘逐字我們咏味起來，可知他每一字都不虛設的。我爲避免高頭講章的習氣，不必再分析了。在欣賞者眼中固不妨作如是觀，此處聊以示例而已。

在李白之次，如韋應物，白居易，劉禹錫，我覺得都沒有溫庭筠在當時詞壇的重要，所以略而不說了。

玉爐香，紅蠟淚，偏照畫堂秋思。眉翠薄，鬢雲殘，夜長衾枕寒。 梧桐樹，三更雨，不道離情正苦。一葉葉，一聲聲，空階滴到明。

——更漏子

這首詞便是溫庭筠的名作。庭筠字飛卿，太原人。他有許多浪漫的故事；然而他於詞上的成功，比他的詩光榮得多了。誠如陳亦峯所說：「所謂沈鬱者，意在筆先，神餘言外，寫怨夫思婦之懷，寫孽子孤臣之感。凡交情之冷淡，身世之飄零；皆可於一草一木發之。而發之又必若隱若現，欲露不露，反復纏綿，終不許一語道破。匪獨體格之高，亦見性情之厚。」在花間集以他爲首，實在是很有緣故。舊唐書上說他能「逐絃吹之音爲側豔之詞，」他的確開這「側豔」的風氣。他那菩薩蠻十四闋，直寫景物，不事雕鏤，而敻絕不可及。如「花落子規啼，綠窗殘夢迷。」「楊柳又如絲，驛橋煙雨時。」「鸞鏡與花枝，此情誰得知？」皆細膩之筆寫纏綿之思，教人讀了有無可奈何的樣子。後來被張惠言那班人奉爲「常州詞派」的祖師。說他「祖風騷，託比興，」於是像這十四闋絕妙的詞句，都變成「感士不遇」的寓言；豈不可笑！（讀者可參閱拙著溫飛卿及其詞，裏面有一篇傳略，他的全部的詞，和各家的評語。）

在溫庭筠這樣穠豔風氣的傳播中，一直流傳到五代。這是很奇異的事蹟，在花間集收錄的，蜀中詞人作品最早；固然因爲輯者趙崇祚是蜀人，但當時西蜀確是文藝的中心。前蜀主王建，王衍；後蜀主孟昶皆詞的愛好者。但是主持詞壇的，却不能不推韋莊。

紅樓別夜堪惆悵，香燈半捲流蘇帳。殘月出門時，美人和淚辭。　琵琶金翠羽，絃上黃鶯語。勸我早歸家，綠窗人似花。

人人盡說江南好，遊人只合江南老。春水碧於天，畫船聽雨眠。　鑪邊人似月，皓腕凝霜雪。未老莫還鄉，還鄉須斷腸。

如今却憶江南樂，當時年少春衫薄。騎馬倚斜橋，滿樓紅袖招。　翠屏金屈曲，醉入花叢宿。此度見花枝，白頭誓不歸。

洛陽城裏春花好，洛陽才子他鄉老。柳暗魏王堤，此時心轉迷。　桃花春水淥，水上鴛鴦浴。凝恨對斜暉，憶君君不知。

——菩薩蠻

莊字端已，杜陵人。陳亦峯白雨齋詞話說他的詞：「似直而紆，似達而鬱；珣然雖一變飛卿面目，而綺羅香澤之中，別具疏爽之致。」實際溫韋兩家比較，一濃一淡。莊的詞多眞情實景，所以動人的力量格外來得大。堯山堂外紀曾經有這樣記載，說莊思念舊姬作荷葉杯一首，姬爲王建所奪入宮，見此詞，不食死。詞云：「記得那年花下，深夜，初識謝娘時。水堂西面畫簾垂，攜手暗相期。惆悵曉鶯殘月，相別從此隔香塵。如今俱是異鄉人，相見更無因。」清新曉暢，不專是堆砌字句的可比的。（讀者要閱韋莊全詞，可看王忠慤公遺書第四集浣花詞的輯本。）

花間集中作者，一共有十六家，除韋莊外，蜀人有十二家，是：薛昭蘊，牛嶠，毛文錫，歐陽炯，牛希濟，顧敻，魏承班，鹿虔扆，閻選，尹鶚，毛熙震，李珣，雖不盡是西蜀的籍貫，却都居於蜀中的。

舍西蜀外，南唐也是文藝的中心點。提起南唐來，中主（李璟，）後主（李煜）如日月在天，爲萬衆所作仰望。中主所作詞雖不多，而極高雋。

手捲眞珠上玉鉤，依前春恨鎖重樓。風裏落花誰是主？思悠悠。青鳥不傳雲外信，丁香空結雨中愁。回首綠波三楚暮，接天流。

菡萏香銷翠葉殘，西風愁起綠波間。還與韶光共憔悴，不堪看。細雨夢回雞塞遠，小樓吹徹玉笙寒。多少淚珠何限恨！倚闌干。

這兩闋山花子最負盛名，「菡萏銷翠」「愁起西風，」與「韶光」毫無干涉；但是在傷心人的眼中，夏景亦容易摧殘，和春光同此憔悴。既說「不堪看，」又說「何限恨；」這般頓挫空靈，讀之悽然欲絕了。而「細雨」「小樓」也爲後來人所贊賞，不能算內家的玩味。吾師吳瞿安先生爲二主詞並評說：「中主能哀而不傷，後主則近於傷矣。」這一點便是他們父子的異處。說起後主的詞眞有些罄竹難書，差不多每一首都教人讀之不忍釋手。大概後主的詞，在江南隆盛之時，正是他寫喜遷鶯，阮郎歸，木蘭花，菩薩蠻（「花明月暗」一首）

一類的作品。這時期密約私情，是詞中的主題。如「眼色暗相鈎，秋波橫欲流。」「畫堂南畔見，一向偎人顫。」「臉慢笑盈盈，相看無限情。」溫馥柔美，與溫韋又別有不同了。周濟曾以女子為譬；溫似嚴妝，韋似淡妝，後主却是粗服亂頭，不減國色。又曾有這樣的話：溫是句秀，韋是骨秀，而後主是神秀，這也是的當的批評。等到降宋以後，此中生活，日以眼淚洗面，盡是亡國哀痛之語，如王靜安先生所說「血書」一般的詞句。被宋主監視之際，回想起從前的光景來，於是有「故國夢重歸，覺來雙淚垂。」「故國不堪回首月明中」的悲啼。無怪他「燭殘漏滴頻欹枕，起坐不能平。」現在且舉幾闋最為世人所激賞的，供讀者賞鑑：

簾外雨潺潺，春意闌珊，羅衾不耐五更寒。夢裏不知身是客，一晌貪歡。　獨自莫憑闌，
無限江山，別時容易見時難。流水落花春去也，天上人間。

往事只堪哀，對景難排，秋風庭院蘚侵階。一桁珠簾閑不捲，終日誰來？　金鎖已沉埋，
壯氣蒿萊，晚涼天淨月華開。想得玉樓瑤殿影，空照秦淮。

——浪淘沙

無言獨上西樓，月如鉤，寂寞梧桐深院鎖清秋。剪不斷，理還亂，是離愁，別是一般滋味在心頭。——搗練子

多少恨，昨夜夢魂中，還似舊時游上苑，車如流水馬如龍，花月正春風。多少淚，斷臉復橫頤，心事莫將和淚說，鳳笙休向別時吹，腸斷更無疑。——憶江南

一字一淚，讀了誰能不黯然消魂呢？清代詞人項蓮生曾在後主詞後題上一闋浪淘沙：『樓上五更寒，風雨無端，愁多不耐一生閑。莫問畫堂南畔事，如此江山。　鉛淚洗朱顏，歌舞闌珊，心頭滋味只餘酸，唱到宮中新樂府，杜宇啼殘。』於是很可窺見後主的悲哀。（二主詞合刻，有晨風閣叢書本，劉繼曾箋本，拙譔劉箋補正本）南唐除二主外，馮延已也是了不得的一個詞人。他的專集名陽春集，最早的詞品遺留至今爲多的，要算他第一個了。忠愛纏綿，是張惠言對他的詞評。蝶戀花四闋，最爲有名。

六曲闌干偎碧樹，楊柳風輕，展盡黃金縷。誰把鈿箏移玉柱？穿簾燕子雙飛去。滿眼

游絲兼落絮，紅杏開時，一霎清明雨。濃睡覺來鶯亂語，驚殘好夢無尋處。

只看這第一闋，便知他如何的情詞悱惻。（陽春集有侯氏粟香室叢書本和王氏四印齋刻本。）其餘如張泌，成幼文，徐昌圖，潘佑，這班人在「詞」上的地位，遠不如馮，在這裏不必再詳述。以下，我就講北宋的詞家。

論詞者有一句通常的話：「詞至北宋而大，至南宋而精。這大字眞是最妙於形容了。北宋詞如何成其爲大呢？據我看來有四大性質。一、在宋初，晏殊等保守五代十國之舉；二、到了柳永等便開慢詞之源；三、蘇軾出來革去詞中綺羅香澤之習；四、有一個周邦彥集了古今詞的大成。換句話說：能保守，能創造，能革命，能集成，北宋的詞畢竟所以爲大了。但是從數量計，詞品之多，詞人之衆，當然遠邁前代。在本章僅舉其重要的而言。

宋初保守的詞人很多是朝廷的顯宦。王禹偁，錢惟演，他們不是詞人，雖然也有小詞流播在人口，却逈非晏殊那樣的氣象。殊字同叔，臨川人。官至樞密使，

五三

鼎食鐘鳴，花團錦簇，一派富貴的光景。他的兒子幾道說：「先君平日小詞雖多，未嘗作婦人語也。」其實他時時流露出婦人語來。所作浣溪紗有「無可奈何花落去，似曾相識燕歸來」二句，（有人說下一句是王琪所對，見後齊漫錄所記）一時傳誦。劉攽中山詩話說他「喜延巳詞，其所自作亦不減延巳。」細心讀他的珠玉詞，比浣紗溪那兩句好的，不知多少；就是突過延巳的句子，也常有。如：「滿目河山空念遠，落花風雨更傷春；不如憐取眼前人。」「未知心在何誰邊？滿眼淚珠言不盡。」這是多麼盪人心魄的話。不過在保守的眼光中，如「東城南陌花下，逢著意中人。」「心心念念，說盡無憑，只是相思。」「淡淡梳妝薄薄衣，天仙模樣好容儀。」開俳語一體，不能無貶辭。他的兒子幾道有小山詞，（並存毛刻六十家詞中，還有彊邨叢書本，杭州晏氏刻本，商務古活字本。）頗有麗句。至於大臣中當以歐陽修為代表。歐詞純疵參半，據蔡絛西清詩話說：「歐詞之淺近者，謂是劉煇僞作。」名臣錄也有同樣記載，大概劉煇改竄他的詞，借以攻擊他，這種也是意中事。不過詞中的他，與散文中的他，完全兩副面目，可知他在道學中並具熱烈的感情。除有名的少年游詠草外，下面這一闋踏莎行，也極婉轉動人。

候館梅殘，溪橋柳細；草熏風煖、搖征轡。離愁漸遠漸無窮，迢迢不斷如春水。 寸寸柔腸，盈盈粉淚；樓高莫近危欄倚。平蕪盡處是春山，行人更在春山外。

婉轉之中，有蒼勁之致，這是他獨有的作風。（他的詞集：六一居士詞毛刻六十家中有。又歐陽文忠公近體樂府，醉翁琴趣外編有雙照樓影印本。）此外，張先也是一位名作家，附在這兒說。先字子野，吳興人。李端叔說他「子野詞才不足而情有餘。」古今詞話有一段故事：「有客謂子野曰：人皆謂公張三中，卽心中事，眼中淚，意中人也。公曰：何不目之爲張三影？客不曉。公曰：雲破月來花弄影；嬌柔懶起，簾壓捲花影；柳徑無人，墮飛絮無影；此余平生所得意也。」（他的安陸集詞有葛氏本，揚州詩局本。又名張子野詞，有粟香室本，知不足齋本，彊邨

本。）可以知道他的情趣。（因爲敘述便利，放他在此處。其實與柳蘇同時）

慢詞的創造者不一定便是柳永，但到了柳永，而後慢詞纔流行。永初名三變，字耆卿，樂安人。在能改齋漫錄上說他的出身很有趣：「仁宗留意儒雅，務本向道，深斥浮豔虛華之文。初進士柳三變好爲淫冶謳歌之曲，傳播四方，嘗有鶴冲天詞云：忍把浮名，換了淺斟低唱。及臨軒放榜，特落之曰：且去淺斟低唱，何要浮名！景祐元年方及第。後改名泳。」他的生活誠然是在淺斟低唱裏。他的詞也是妓女所樂於歌唱的。因此傳唱甚廣，以至於凡有井水飲處，卽能歌柳詞。所謂通人，却甚鄙視之。李端叔說：「耆卿詞，鋪敘展衍，備足無餘。較之花間所集，韻終不勝。」孫敦立曾說：耆卿詞雖極工，然多雜以俚語。誠然柳詞的俚語有許多太不成話了。如兩同心「箇人人，昨夜分明許伊偕老。」征部樂「待這回好好憐伊，更不輕拆。」傳花枝「平生自負風流才調，口兒裏道知張陳趙。」未免太無味了。然而他詞中的好處，能工鋪敘，每首事實必清，點景必工，並且有警語。馮煦說：「曲處能直，密處能疎，奡處能平，狀難狀之景，達難達之情，而出之以自然。」馮氏可謂柳永的知己了。我們試讀他的代表作雨霖鈴

寒蟬淒切，對長亭晚，驟雨初歇。都門帳飲無緒，留戀處，蘭舟催發。執手相看，淚眼竟無語凝咽。念去去千里烟波，暮靄沈沈楚天闊。　多情自古傷離別，更那堪冷落清秋節。今宵酒醒何處？楊柳岸，曉風殘月。此去經年，應是良辰好景虛設，便縱有千種風情，更與何人說？

這樣的詞境，決非如花間那樣陳陳相因，雷同冗複的。（柳詞名樂章集有毛刻六十家本，續添曲子見彊邨叢書，）至能變呢呢情語爲壯語，那是蘇軾的功績。軾字子瞻，號東坡，眉山人。胡致堂說：「詞至東坡，一洗綺羅香澤之態，擺脫綢繆宛轉之度，使人登高望遠，舉首高歌，逸懷浩氣，超乎塵垢之外，於是花間爲皂隸，而耆卿爲輿臺矣。」晁无咎云：「居士詞人多謂不諧音律，然橫放傑出，自是曲子內縛不住者。」「不諧音律，」是不可諱言的。而陸游還說：「公非不能

歌，但豪放不喜裁翦以就聲律耳。」其實，軾曾自言生平有三不如人著棊吃酒唱曲。所以陳師道說「為教坊雷大使之舞雖極天下之工，要非本色。」但如他那樣豪情，却不能不說「前無古人」了。四庫提要謂：詞至柳永一變，如詩家之有白居易；至軾而又一變，如詩家之有韓愈。這個比方是不錯的。陸游又說：「東坡詞歌之曲終覺天風海雨逼人，」的確是非關西大漢，銅琵琶，鐵綽板，高聲狂唱不可；決不似柳永的詞只合十七八女郎，執紅牙板而歌的。現以大家所熟誦的為例：

大江東去，浪淘盡千古風流人物。故壘西邊，人道是三國孫吳赤壁。亂石崩雲，驚濤掠岸，捲起千堆雪，江山如畫，一時多少豪傑。　遙想公瑾當年，小喬初嫁了，雄姿英發，羽扇綸巾，談笑間，檣櫓灰飛煙滅。故國神游，多情應笑我，早生華髮。人間如寄，一尊還酹江月。——念奴嬌

張炎說：「東坡詞淸麗舒徐處，高出人表。周秦諸人所不能到。」足見蘇軾

一面有這樣雄放的詞，一面還有淸麗的詞；在相反的情調中，我們可讀卜算子：

缺月挂疏桐，漏斷人初定；時見幽人獨往來，縹緲孤鴻影。　驚起却回頭，有恨無人省。揀盡寒枝不肯棲，寂寞沙洲冷！

這是多麼淒淸的境界。（東坡詞毛氏，王氏，朱氏都有刻本。商務有古活字本和學生國學叢書本）蘇門有四學士，那是黃庭堅，秦觀，晁補之，張來四人。秦觀是其中最昭著的詞家。字少游，高郵人。晁補之說：「近來作者皆不及少游。如「斜陽外，寒鴉數點，流水遶孤村。」雖不識字人亦知是天生好言語。」蔡伯世說：「子瞻辭勝乎情，耆卿情勝乎辭。辭情相稱者，惟少游而已。」還有推之爲正宗的，如張綖的話：「少游多婉約，子瞻多豪放，當以婉約爲主。」好事者取他的名句和柳永雨鈴霖中警語作一聯詞，道「山抹微雲秦學士，曉風殘月柳屯田。」屯田是指柳永的官屯田員外郞說。他那闋滿庭芳全詞，現在寫在下面：

山抹微雲，天粘衰草，畫角聲斷譙門。暫停征棹，聊共引離尊。多少蓬萊舊事，空回首烟靄紛紛。斜陽外，寒鴉數點，流水遶孤村。消魂，當此際，香囊暗解，羅帶輕分，漫贏得青樓薄倖名存。此去何時見也？襟袖上空染啼痕。傷情處，高城望斷，燈火已黃昏。

葉少蘊說：「少游樂府語工而入律，知樂者謂之作家歌。」秦觀，不可不說他是一個當行的詞人，他的詞名淮海長短句。（有彊邨本，毛刻本名淮海詞。）

賀鑄字方回，衢州人。他的詞名東山寓聲樂府。（朱氏，王氏，毛氏，侯氏，都有刻本，還有涉園影印殘本。）張來說：「賀鑄東山樂府妙絕一世。盛麗如游金張之堂，妖冶如攬嬙施之袪；幽索如屈宋，悲壯如蘇李。」可知他的風格怎樣了。他住在蘇州盤門外的橫塘，往來其間，於是有青玉案之作，爲當時人稱他做賀梅子了。

凌波不過橫塘路，但目送芳塵去。錦瑟年華誰與度？月臺花榭，瑣窗朱戶，惟有春知處。碧雲冉冉蘅皋暮，綵筆新題斷腸句。試問閑愁都幾許？一川烟草，滿城風絮，梅子黃時雨。

他的詞與秦觀有非常相似處，大概同是從花間融化出來的。又差不多同時的像王安石，李之儀，周紫儀，此處可以不必詳及了。

周邦彥之所以被稱為集詞大成的原因，一來這時是慢詞成熟的時候，二來由他開了南宋詞壇的局面，正是繼往開來，惟他獨尊。邦彥字美成，錢塘人。張炎評謂：「美成詞渾厚和雅，善於融化詩句。」吾師吳瞿安先生說：「究其實，不外沈鬱頓挫而已。」且以瑞龍吟為例：

章臺路，還見褪粉梅梢，試華桃樹。愔愔坊陌人家，定巢燕子，歸來舊處。 黯凝竚，因記箇人癡小，乍窺門戶，侵晨淺約宮黃，障風映袖，盈盈笑語。 前度劉郎重到，訪鄰尋里，同時歌舞，唯有舊家秋娘，聲價如故。吟箋賦筆，猶記燕臺句。知誰伴，名園露飲，東城閒步？事與孤鴻去！探春盡傷春離緒，官柳低金縷。歸騎晚，纖纖池塘飛雨，斷腸院落，一簾風絮。

吳先生說：「其宗旨所在在「傷離意緒」一語耳。而入手先指明地點曰「章台路。」却不從目前景物寫出，而云「還見」此即沈鬱處也。須知「梅梢桃樹」原來舊物，惟用「還見」云云，則令人感慨無端，低徊欲絕矣。首疊末句云：「定巢燕子，歸來舊處。」言燕子可歸舊處，所謂「前度劉郎者，」即欲歸舊處而不得，徒彳亍於「愔愔坊陌」章臺故路而已。是又沈鬱處也。第二疊「黯凝佇」一語，爲正文。而下文又曲折，不言其人不在，反追想當日想見時狀態，用「因記」二字，則通體空靈矣。此頓挫處也。第三疊「前度劉郎」至「聲價如故」言「箇人」不見，但見同里秋娘，未改聲價，是用側筆以襯正文。又頓挫處也。「燕台」句用義山柳枝故事，情景恰合。「名園露飲，東城閒步，」當日已亦爲之。今則不知伴着誰人賡續雅舉？此「知誰伴」三字又沈鬱之至矣。「事與孤鴻去」三語，方說正文。以下說到歸院，層次井然，而字字淒切。末以飛雨風絮作結，寓情於景，倍覺黯然。通體僅「黯凝佇，」「前度劉郎重到，」「傷離意緒，」三語，爲作詞主意。此外則頓挫而復纏綿，空靈而又沈鬱；驟視之幾莫測其用筆之意，此所謂神化也。」因爲美成於詞有這樣的技巧，所以有人以爲是製詞的正法；沈伯時便說：「作詞當以清眞集爲主。」清眞集就是美成的詞集。（又名片玉詞，毛王刻本外，涉園影印本，商務學生國學叢書本，還有廣東印本，西泠詞萃本。）此外他的詞如爲溧水主簿姬人而作的風流子，爲道君幸李師師家而作的少年游，爲睦州夢中作而成的瑞鶴仙；都有很興味的故事在裏面。與美成同時還有如晁端禮，万俟雅言，呂渭老，王灼，朱敦儒等都是作手；更有和後主身世相同的「詞王」宋徽宗，他的一字一句皆詞中實物。因爲在詞史上沒有十分的影響，有許多都被我略過了。

問題

一　選本除爲初學者設想外，還有什麼價值？

二　五代詞人的中心點在何處？並推詳所以集中此處的緣故。

三　試想北宋詞的進程三大階段底相互關係。

四　柳永在「民衆文學」的地位上如何？當時「詞」與民衆關係何若？

五、秦賀與周邦彥之比較。

參考書

詳見下章

第四章　幾個重要的詞家(下)

以下從南宋說起。實際南宋和北宋是不容易劃分的。有些詞人，他在北宋有許多作品，到了南宋，又有好多詞；我們就要權其輕重，放在北宋或南宋。南宋的詞已是極盛時代，但因國勢的關係，分明顯示出三個時期。一、在南渡後，愛國之士眼見胡人奪去半個中國；於是慷慨悲歌，添了不少雄句。二、金人既自己有了內亂，不得再侵中亡；中國得以苟安，未免又宴安享樂，變成粉飾昇平的文字。三、等到元人渡江，南宋已將滅亡；而一班詞人敢怒不敢言，僅能將悲恨之心，托於詠物之作。從詞的本體上說，這三期的狀況是這樣：一、添了詞不少的新力量，二、就成形的慢詞加意改進，三、已漸流入模擬的風氣，生趣索然了。現在第一個我所說的，還是北南兩宋之間的一大作者。我所以敍在此處，因為她曾予南宋一大詞人以感興，她自己也有不少很好的詞是在南宋時寫的。她，唯一的詞的女作家，不問而知是說的李淸照了。淸照自號易安居士，濟南人。趙明誠的妻子。父格非，母王氏，都有文學的素養，她幼時便受很好的啓示。嫁給明誠以後，明誠常出游，她寄小詞給他頗多。一次一闋醉花陰題爲「重陽」的，明誠見了想作一詞勝他，廢食苦思三晝夜，成五十餘闋，雜易安之作出示他的朋友陸德夫，但德夫玩味再三，仍以「莫道不銷魂，簾卷西風，人比黃花瘦。」三句爲絕佳，這三句正是易安的作品。易安不獨能作，並且工評論。他嘗說道：「本朝柳屯田永，變舊聲作新聲，出樂章集，大得聲稱於世。雖協音律，而詞語塵下。又有張子野、宋子京兄弟，沈唐，元絳，晁次膺輩繼出，雖時時有妙語而破碎何足名家！至晏丞相，歐陽永叔，蘇子瞻，學際天人，作爲小歌詞直如酌蠡水於大海，然皆句讀不葺之詩耳，又往往不協音律。……王介甫，曾子固，文章似西漢，若作小歌詞，則人必絕倒，不可讀也。乃知詞別是一家，知之者少；晏叔原，賀方回，黃魯直出，始能知之。而晏苦無鋪敍，賀苦少典重，秦少游專主情致而少故實，譬如貧家美女，雖極姸麗豐逸，而終乏富貴態。黃則尚故實而多疵病，譬如良玉有瑕，價自減半矣。」她這樣的譏彈前輩，的確能切中其病。金兵南侵的時候，她家已破，四方流徙，明誠不幸又死了。於是在她詞中，不少苦語。她的集名漱玉詞。（有詩曲雜俎本，王氏四印齋本；現在也有標點本。）今舉聲聲慢一首於此。

尋尋覓覓，冷冷清清，悽悽慘慘戚戚。乍暖還寒時候，最難將息。三杯兩盞淡酒，怎敵他晚來風急！雁過也，正傷心，卻是舊時相識。　滿地黃花堆積，憔悴損，而今有誰堪摘？守著窗兒，獨自怎生得黑！梧桐更兼細雨，到黃昏點點滴滴。這次第怎一個愁字了得。

這樣的詞筆，非斷腸詞人朱淑眞所能望她的項背了。何以在上面又說她曾予一大詞人以感興呢？這故事是在一個軍營之中。有歷城人辛棄疾字幼安的，正在山東節制忠義軍馬的耿京那兒掌書記。閑時聽營中士兵歌易安的詞句，於是啓發自己的情思，後來成爲南宋詞壇上一顆閃爍的明星。因爲這樣生香活色的婦人之聲，而使一個躍馬揮戈的英雄，更在詞上建築新的壁壘，這纔是奇跡呢。幼安的詞間與蘇軾並稱，其實他們決不相同。如幼安的豪邁忠勇之氣，在前只有岳飛，飛的滿江紅「靖康恥，猶未雪，臣子恨，何時滅？駕長車，踏破荷蘭山缺！壯志飢餐胡虜肉，笑談渴飲匈奴血，待從頭收拾舊山河，朝天闕。」是千古絕調。幼安的詞也是如此金聲玉振的。他的詞我們不能不多錄出幾首：

野塘花落，又忽忽過了淸明時節。剗地東風欺客夢，一枕雲屏寒怯。曲岸持觴，垂楊繫馬，此地曾經別；樓空人去，舊遊飛燕能說。聞道綺陌東頭，行人曾見，簾底纖纖月。舊恨春江流不盡，新恨雲山千疊；料得明朝，尊前重見，鏡裏花難折。也應驚問，近來多少華髮？

——念奴嬌　書東流村壁

寶釵分，桃葉渡，烟柳暗南浦。怕上層樓，十日九風雨。斷腸點點飛紅，都無人管；更誰勸流鶯聲住！　鬢邊覷，試把花卜歸期，才簪又重數。羅帳燈昏，哽咽夢中語。是他春帶愁來，春歸何處？卻不解帶將愁去。

——祝英臺近

綠樹聽鵜鴂，更那堪杜鵑聲住，鷓鴣聲切；啼到春歸無啼處，苦恨芳菲都歇。算未抵人間離別，馬上琵琶關塞黑，更長門翠輦辭金闕；看燕燕，遠歸妾。將軍百戰身名裂，向河梁回頭萬里，故人長絕。易水蕭蕭西風冷，滿座衣冠似雪。正壯士悲歌未徹，啼鳥還知如許恨，料不啼淸淚常啼血！誰伴我，醉明月？

——賀新郎 別茂嘉十二第

更能消幾番風雨，匆匆春又歸去。惜春長怕花開早，何況落紅無數！春且住，見說道天涯芳草無歸路，怨春不語。算只有殷勤畫簷蛛網，盡日惹飛絮。長門事，準擬佳期又誤。蛾眉曾有人妒，千金縱買相如賦，脈脈此情誰訴？君莫舞，君不見玉環飛燕皆塵土！閑愁最苦，休去倚危欄，斜陽正在，煙柳斷腸處。

——摸魚兒 淳熙己亥自湖北漕移湖南同官王正之置酒小山亭爲賦

這樣的詞又非東坡的門戶所能限制。毛滂說：「詞家爭鬪穠纖，而稼軒（是幼安的別號。）率多撫時感事之作，磊砢英多，絕不作妮子態。宋人以東坡爲「詞詩，」稼軒爲「詞論；」善評也。」其實幼安一方面固有這樣「大聲鏜鎝」的詞，而另一方面「穠麗綿密」的小詞，誠如劉潛夫所說：「不在小晏秦郎之下。」幼安初爲詞時，曾去看蔡元，蔡便道：「子之詩，則未也。他日當以詞名家！」蔡元畢竟是知音者。幼安的肖徒有個襄陽人劉過字改之的，也善作壯詞，他的龍洲詞不過不如辛幼安稼軒長短句的偉大罷了！（稼軒詞有毛刻，王刻，稼軒長短句有涉園景印本，又商務古活字本學生國學叢書本。）陸游也是與辛齊名的一個詞人。不過楊慎以爲：「放翁詞纖麗處似淮海，雄快處似東坡」雄放自恣，有時因與辛相近，但還是纖麗的地方，是他擅長處。

此時的詞再一轉變，又趨向技巧上去了。爲一時壇坫的，當然推姜夔，夔字堯章，號白石，鄱陽人，流寓吳興。周濟說得最好：「吾十年來服膺白石，而以稼軒爲外道。由今思之，可謂捫籥也。稼軒鬱勃故情深，白石放曠故情淺；稼軒縱橫故才大，白石局促故才小。」但是恭維他的人却說得非常動聽。張炎說：「如野雲孤飛，去留無迹。」又「不惟清虛，且又騷雅，讀之使人神觀飛越。」范石湖也說：「白石有裁雲縫月之手，敲金戛玉之聲。」這大概爲他那二首盛傳於世的暗香疏影而發。

舊時月色，算幾番照我，梅邊吹笛，喚起玉人，不管清寒與攀摘。何遜而今漸老，都忘却春風詞筆。但怪得竹外疏花，香冷入瑤席。江國正寂寂，歎寄與路遙，夜雪初積，翠尊易泣，紅萼無言耿相憶。長記曾攜手處，千樹壓西湖寒碧。又片片吹盡也，幾時見得？

——暗香

苔枝綴玉，有翠禽小小，枝上同宿。客裏相逢，籬角黃昏，無言自倚修竹。昭君不慣胡沙遠，但暗憶江南江北。想珮環月下歸來，化作此花幽獨。猶記深宮舊事，那人正睡裏飛近蛾綠。莫似春風不管，盈盈，早與安排金屋。還教一片隨波去，又卻怨玉龍哀曲。等恁時重覓幽香，已入小窗橫幅。

——疏影

詠物之作不能不推爲名篇。張炎說他是「前無古人，後無來者，眞爲絕唱，」未免過譽了。但他揚州慢一闋，却有動人的力量。

淮左名都，竹西佳處，解鞍少駐初程。過春風十里，盡薺麥青青。自胡馬窺江去後，廢池喬木，猶厭言兵。漸黃昏，淸角吹寒，都在空城。杜郎俊賞，算如今重到須驚。縱荳蔻詞工，青樓夢好，難賦深情。二十四橋仍在，波心蕩冷月無聲。念橋邊紅藥，年年知爲誰生？

因爲眞氣磅礴，實在的情緒，決非浮泛可比。（白石詞在毛朱兩本外，有陸氏刊本，許氏刊本，廣東刊本。）又盧祖皋，高觀國在這時也算名家。黃昇說盧詞字字可入律呂，古今詞話謂高詞工而入逸，婉而多風。這兩人却不能如史達祖。達祖字邦卿，姜夔就很佩服他的詞。以爲：『邦卿之詞，奇秀淸逸，有李長吉之韻，蓋能融情景於一家，會句意於兩得者。其「做冷欺花，將烟困柳」一闋，將春雨神色拈去，「飄然快拂花梢，翠影分開紅影，」又將春燕形神畫出矣。』張鎡說他的詞：『織綃泉底，去塵眼中，妥貼輕圓，辭情俱到，有瓌奇警邁，淸新閒婉之長，而無訑蕩汙淫之失，端可分鑣淸眞，平睨方回。』他那樣精細的用功鑄句，所以成其爲細膩的詞人。看綺羅香全詞可知。

做冷欺花，將烟困柳，千里偷催春暮。盡日冥迷，愁裏欲飛還住。驚粉重蝶宿西園，喜泥

(天)

潤，燕歸南浦。最妨他佳約風流，鈿車不到杜陵路。 沈沈江上望極，還被春潮晚急難尋官渡，隱約遙峯，和淚謝娘眉嫵。臨斷岸新綠生時；是落紅帶愁流處。記當日門掩梨花，剪燈深夜語。

樓敬思云『史達祖南宋名士，不得進士出身。以彼文采，豈無論薦，乃甘作權相堂吏，至被彈章；不亦降志辱身之至耶？讀其書懷滿江紅：「好領青衫，全不向詩書中得。三徑就荒秋自好，一錢不值貧相逼」亦自怨自艾者矣』他有很苦的身世，所以詞句沈着。他的集名梅溪詞。（有毛刻本，王刻本）還有一位爲近數十年詞壇所崇奉著的，是吳文英字君特，四明人，夢窗是他的號。尹惟曉說；『求詞於吾宋，前有清眞，後有夢窗。』足見在當時他的地位也頗重要。我們且讀他的名作。

殘寒正欺病酒，掩沈香繡戶，燕來晚飛入西城，似說春事遲暮。畫船載淸明過，却晴煙冉冉吳宮樹，念羈情遊蕩隨風，化爲輕絮。 十載西湖，傍柳繫馬，趁嬌塵輭霧。遡紅漸招入仙谿，錦兒偸寄幽素。倚銀屏春寬夢窄，斷紅濕歌紈金縷。暝隄空，輕把斜陽，總還鷗鷺。　幽蘭旋老，杜若還生，水鄉尙寄旅。別後訪六橋無信，事往花委，瘞玉埋香，幾番風雨。長波妒盼，遙山羞黛；漁燈分影春江宿。記當時短楫桃根渡，青樓彷彿，臨分敗壁，題詩淚墨慘澹塵土。　危亭望極，草色天涯，歎鬢侵半苧。暗點檢離痕歡唾，尙染鮫綃，軃鳳迷歸，破鸞慵舞。殷勤待寫，書中長恨；藍霞遼河沉過雁，漫相思彈入哀箏柱。傷心千里江南，怨曲重招，斷魂在否？

——鶯啼序春晚感懷

以夢窗比清眞，似乎不及清眞詞的自然。因爲夢窗的詞，大都經過苦心的經營；而且有意的雕飾。張炎說：『吳夢窗如七寶樓臺，眩人眼目，拆碎下來，不成片段。』沈伯時也說：『夢窗深得清眞之妙。但用事下語太晦處，人不易知。』但平心而論，夢窗於造句獨精，超逸處仙骨珊珊，洗脫凡豔，幽素處孤懷耿耿，別締古歡。如高陽臺落梅：「宮粉彫痕，仙雲墮影，無人野水荒灣。古石埋香，金沙鎖骨連環。南樓不恨吹橫笛，恨曉風千里關山；半飄零，庭院黃昏，月冷闌干。」祝英台近春日客龜溪游廢園：「綠暗長亭，歸夢趁風絮。」水龍吟惠山酌泉：「豔陽不到青山，淡煙冷翠成秋苑。」滿江紅澱山湖：「對兩蛾猶鎖綠煙中，秋色未教飛盡雁，夕陽長是墜疏鐘。」八聲甘州游靈岩：「箭徑酸風射眼，膩水染花腥。」又「連呼酒上琴台，秋與雲平。」皆是超妙入神的雋語。可惜夢窗被後來者推爲大師，置之諸天才的詞人之上，反埋沒他的本來面目。實則大家趨於他的門下，正是因爲他工於鑄詞。（夢窗稿毛王刻本外，有曼陀羅華閣刊本。）這一個時期的詞，大概受北宋周邦彥的影響最深，同時是辛劉一類粗豪作品的反動。再一轉變，便成亡國之音了。現在舉蔣、周、張、王四家來說。

蔣捷字勝欲，陽羨人。有竹山詞。（毛刻六十家中有。）頗有自然之趣，朱彝尊推爲南宋一家，源出白石。現以虞美人小令爲例：

少年聽雨歌樓上，紅燭昏羅帳。壯年聽雨客舟中，江闊雲低，斷鴈叫西風。 而今聽雨僧廬下，鬢已星星也。悲歡離合總無情，一任階前點滴到天明。

却是毫無矯柔造作的樣子。不過有時叫囂奔放，很可笑的。如賀新郎錢狂士：「據我看來何所似？一任韓家五鬼，又一似楊家風子。」沁園春「若有人尋，只教童道：這屋主人今自居。」又次强雲卿韻「結算平生風流債負，請一筆勾！蓋攻性之兵，花園錦陣，毒身之鴆，笑齒歌喉。」念奴嬌壽薛稼堂「進退行藏，此時正要一著高天下。」讀了這些句子，眞要教人噴飯。不能不說他愧對辛幼安了。

周密，字公謹，號蕭齋，濟南人，而流寓吳興。自號弁陽嘯翁，又號四水潛夫，草窗是很著名的別署。他的詞，獨標清麗。他的交游甚廣，楊守齋號紫霞翁的，於音律極精，他頗得切磋之益。一萼紅登蓬萊閣有感，蒼茫感慨，情見乎詞：

步深幽，正雲黃天淡，雪意未全休。鑑曲黃沙，茂林煙草，俯仰今古悠悠。歲華晚，飄零漸遠，誰念我同載五湖舟？磴古松斜，厓陰苔老，一片清愁。　回首天涯歸夢，幾魂飛西浦，淚灑東州。故國山川，故園心眼，還似王粲登樓。最負他秦鬟妝鏡，好江山何事此時游？

爲喚狂吟老監，共賦銷憂。

這是壓卷的一闋，恐怕美成白石見了還要斂手，可惜這樣作品，在他集中不多。（草窗詞有曼陀羅華閣刊本，知不足齋叢書本。又名蘋洲漁笛譜有知不足齋叢書本，彊村本。）又他編的絕妙好辭是不可多得的詞選。

張炎字叔夏，是循王張俊的後裔，居臨安，自號樂笑翁。詞皆雅正，所以集中沒有鄙語。臺城路一闋，讀之無不感動。

十年舊事翻疑夢，重逢可憐俱老！水國春空，山城歲晚，無語相看一笑。荷衣換了，任京洛塵沙，冷凝風帽。見說吟情，近來不到謝池草。　歡遊曾步翠窈，亂江迷紫曲，芳意今少。舞扇招香，歌橈喚玉，猶憶錢塘蘇小。無端暗惱，又幾度流連，燕昏鶯曉。回首妝樓，甚時重去好？

毫無拙滯語。誠如仇仁近所說：「叔夏詞意度超玄，律呂協洽，當與白石老仙相鼓吹。」而且叔夏詞中頗多憤意，隱在濃紅淡綠之中。如「只有一枚梧葉，不知多少秋聲！」「恨喬木荒涼，都是殘照。」還有送舒亦山：「布襪青鞋，休誤入桃源深處。」錢菊泉：「且莫把孤愁，說與當時歌舞。」很可看出他言外之深意來。他的玉田詞（朱氏王氏刻本外，有曹刊許刊又名山中白雲詞，與白石稱「雙白」。）有時用韻雜一些，把眞文庚青侵尋同用，或寒刪間雜覃鹽；却是入聲韻又非常謹嚴的，屋沃不混覺藥，質陌不混月屑。我們看他的詞可注意一下。

王沂孫字聖與，號碧山，又號中仙，會稽人。他的作風是寫忠愛之忱，託詠物之篇。意境高儁，造句亦美。張惠言詞選除齊天樂賦蟬外，取他眉嫵賦新月，高陽臺賦梅花，慶清朝賦榴花三闋，又在每詞之下加注案語。眉嫵是喜君有恢復之志，而惜無賢臣也。高陽臺是傷君臣宴安，不思國恥，天下將亡也。慶清朝是言亂世尚有人才，惜世不用也。可見他一片熱腸，無窮的哀感。又比白石暗香疏影專以詞工的品格高多了。試看眉嫵的全詞：

漸新痕懸柳，澹彩穿花，依約破初暝，便有團圓意。深深拜，相逢誰在香逕？畫眉未穩，料素娥猶帶離恨。最堪愛，一曲銀鉤小，寶簾挂秋冷。　千古盈虧休問，歎謾磨玉斧，難補金鏡，太液池猶在，淒涼處，何人重賦淸景。故山夜永，試待他窺戶端正，看雲外山河，還老桂花舊影。

像他這樣君國之憂，時時寄託，足以領袖宋末詞人的風氣。所以他的碧山樂府（一名花外集，有知不足齋和王氏四印齋本）爲詞中珠玉。此外如陳允平的日湖漁唱，劉克莊的後村別調，石孝友的金谷遺音……也有相當的地位。在多如牛毛的兩宋詞人中，我只寥寥說了這幾家，當然有滄海遺珠之憾，不過於此也可略見端倪。想治宋詞者可從這幾家入手，以下敍述是宋以後的詞壇。詞到了宋的末季，已僅是奄無生氣，此後詞的時代更是過去了。現在先從金元說起。金這一代的詞，前面爲宋所掩，後面又讓元壓住；差不多在文學史上爲人遺忘了。其實元好問中州集，所集三十六家，亦有可述。何況金章宗也是天資聰穎愛好詞章的帝主。歸潛志就說他，『詩詞多有可稱者。』密國公璹的如庵小稿，詞雖不過七首，亦有情致。劉君叔說：『其舉止談笑，眞一老儒，殊無驕貴之態。』他的西江月「一百八般佛事，二十四考中書；山林朝市等區區，着甚來由自苦！」從幾詞中可見其人風度。至於自宋使金而未得歸的吳激，更爲金詞一大家。激字彥高，建州人。我們看他的風流子：

書劍憶遊梁，當時事，底處不堪傷。望蘭楫嫩漪，向吳南浦，杏花微雨，窺宋東牆。鳳城外燕隨青步，障絲惹紫，游韁曲水，古今禁煙，前後暮雲樓閣，春草池塘。回首斷人腸！流年去如電，鏡鬢成霜。獨有蟻尊陶寫，蝶夢悠揚。聽出塞琵琶，風沙淅瀝；寄書鴻雁，煙月微茫。不似海門潮信，猶到潯陽！

所謂「當時事，」所謂「回首，」無非故國之思。此時宇文叔通主文盟，視彥高是後進，都叫他做「小吳。」有一次一個宋宗室的婦人流落北方，在飲酒時會見了。大家感嘆起來，各賦樂章；叔通成念奴嬌，彥高也作一闋人月圓道：「南朝千古傷心事，猶唱後庭花。舊時王謝，堂前燕子，飛向誰家？恍然一夢，仙肌勝雪，宮鬢堆鴉；江州司馬，靑衫淚濕，同是天涯。」大家見了，爲之變色。後來有人求叔通樂府，叔通就說：『吳郎近以樂府名天下，可徑求之！』彥高詞雖不多，都極精美。還有蔡松年的明秀集，（王刻四印齋本中有。）亦有名作，元人雜劇內蔡脩閒醉寫石州慢就是寫他的故事。中州樂府所選的十二闋，有些是四印齋本中所沒有的。遼陽劉仲尹在中州存詞十一闋，無一草率之作。得名較早的，更有熊岳人王庭筠。趙秉文贈他的詩所謂：「寄語雪溪王處士，年來多病復何如？浮雲世態紛紛變，秋草人情日日疏；李白一杯人影月，鄭虔三絕畫詩書；情知不得文章力，乞與黃華作隱居。」可以曉得他是一個隱士了。又爲金章宗所寵視的趙可，他比較算得重要些的。在他幼小的時候，他就很愛塡小詞。一次，他應試，文章成了，便在他的席上戲書一闋：「趙可，可。肚裏文章可可。三場捱了兩場過，只有這番解火。恰如合眼跳黃河，知他是過也不過？」以後畢竟中了。韓玉也好像從南方到北方去的，他的詞常有如「故鄉何在？夢寐草堂溪友！」的句子。但是從北游南，爲金使者的王渥便是在的他詞中，能把北方的風光返映出來，如水龍吟從商帥國器獵。

短衣匹馬清秋，慣曾射虎南山下。西風白水，石鯨鱗甲，山川圖畫。千古神州，一時勝事，賓僚儒雅。快長堤萬弩，平岡千騎，波濤卷魚龍夜。 落日孤城鼓角，笑歸來長圍初罷，風雲慘淡，貔貅得意，旌旗閒暇。萬里天河，更須一洗，中原兵馬。看鞬櫜鳴咽，咸陽道左，拜西還駕。

這迴不是南人的聲口，一望而知是北人，無怪他死於軍陣之中了。此外如景覃，李獻能，辛愿，各有詞作，然終不如趙秉文元好問的偉大。趙元可以是金源文士的導師，也是金詞的中心。趙字周臣，磁州人，自號閒閒居士，他的水調歌頭自序有言：「……玉龜山人云，子前身，赤城子也。……吾友趙禮部庭玉說，丹陽子謂余再世蘇子美也。赤城子則吾豈敢，若子美則庶幾焉，尚媿詞翰微不及耳。」據此可見他是以蘇子美自擬的。這闋詞也是他述志之作，我且錄在此處：

四明有狂客，呼我謫仙人。俗緣千刼不盡，囘首落紅塵。我欲騎鯨歸去，只恐神仙官府，嫌我醉時嗔。笑拍羣仙手，幾度夢中身。　長倚松，聊拂石，坐看雲，忽然黑霓落手，醉舞紫毫春。寄語滄浪流水，曾識閒閒居士，好為濯冠巾。却返天台去，華髮散麒麟。

元好問字裕之，秀容人。他的一生也經宋金元三個時代，不過他是金的忠臣，所以在此敍述。遺山樂府（有通常石印本）頗負盛名。邁坡塘一闋是他首唱的，和者極多。有自序「太和五年乙丑歲赴試幷州，道逢捕雁者云：今日獲一雁，殺之矣。其脫網者，悲鳴不能去，竟自投於地而死。余因買得之，葬之汾水之上。累石為識，號曰雁丘。」

問世間情是何物？直敎生死相許。天南地北雙飛客，老翅幾囘寒暑。歡樂趣，離別苦，就中更有癡兒女。君應有語，渺萬里層雲，千山暮雪，隻影向誰去？　橫汾路，寂寞當年簫鼓。荒烟依舊平楚。招魂楚些何嗟及？山鬼暗啼風雨。天也妒，未信與鶯兒燕子俱黃土。千秋萬古，為留待騷人，狂歌痛飲，來訪雁丘處。

張叔夏說：『遺山詞深於用事，精於鍊句，風流蘊藉處，不減周秦。』樂府自序：『子故言宋詩大概不及唐，而樂府歌詞過之，此論殊然。樂府以來，東坡爲第一，以後便到辛稼軒，此論亦然。東坡稼軒卽不論，且問遺山得意時，目視秦晁賀晏諸人爲何如？予大笑，附客背云：那知許事，且噉蛤蜊！』大概在蘇辛這一類的詞，遺山是很有追蹤的力量，從上面這番話看來也知道他是如此的自負了。我們談金代的詞，如此已算得詳盡的，且繼續談元代的詞罷。

元是「曲」的時代，正同宋是「詞」的時代一樣。談元的詞，當然沒有燦爛的記載，而且在「曲」初起的時候，詞與曲往往混而不分。如乾荷葉，鸚鵡曲之類，實際是曲；就如許魯齋的滿江紅，張弘範的臨江仙，不過餘技，那裏是詞人的作品呢？到燕公楠，程鉅夫，詞還沒能擴張門戶。仇遠起來，稍爲一振。趙子昂，虞伯生，薩都刺，可算作手，却不如張翥。張翥是元詞的維持者。此後又漸衰，倪瓚，顧阿瑛之流，詞尚可觀，其餘不足數。再有一個邵亨貞，爲詞稍稍生色；如是而已。

仇遠字仁近錢塘人。與同時唱和的周密王沂孫一班遺民，而後來的張翥，張羽等又都出在他的門下。他的詞清新拔俗，却不能出南宋末季的範型。試翻閱樂府補題來看，可以曉得作風都差不多。趙子昂名孟頫，宋宗室，仕於元。爲當時人所譏，但他晚年有詩自悔：「同學少年今已稀，重嗟出處寸心違。」且詞中常流露哀思，所以邵復孺說『公以承平王孫，晚嬰世變，黍離之盛，有不能忘情者，故長短句深得騷人意度。』茲錄蝶戀花爲例：

儂是江南游冶子，烏帽青鞋，行樂東風裏。落盡楊花春滿地，萋萋芳草愁千里。　扶上蘭舟人欲醉，日暮青山，相映雙蛾翠。萬頃湖光歌扇底，一吹聲下相思淚。

虞伯生名集，崇仁人。詞不多作，有所作亦必揮翰自如，毫不縛束。嘗自擬老吏斷獄，在虞、楊、范、揭四家中伯生當然算得冠冕了。學東坡的有薩都剌，字天錫，雁門人。受遺山的影響甚大，不過他詩名掩住詞名，到明寗獻王纔品評他的詞格，稍爲世重。滿江紅金陵懷古一闋，也爲一時傳唱：

六代豪華，春去也更無消息。空悵望山川形勝，已非疇昔。王謝堂前雙燕子，烏衣巷口曾相識。聽夜深寂寞打孤城，春潮急。　思往事，愁如織；懷故國，空陳迹。但荒烟衰草，亂鴉送日。玉樹歌殘秋露冷，胭脂井壞寒蛩泣。到如今只有蔣山青，秦淮碧。

張翥字仲舉，晉寧人。他的詞氣度冲雅，足爲元詞代表。然而究其極詣，也只規橅南宋，得諸家之神似。多麗這個調子，大家所推爲正格的，今選其一：

晚山青，一川雲樹冥冥。正參差煙凝紫翠，斜陽畫出南屏。館娃歸，吳臺游鹿；銅仙去，漢苑飛螢；懷古情多，憑高望極，且將尊酒慰飄零。自湖上愛梅仙遠，鶴夢幾時醒。空留得六橋疏柳，孤嶼危亭。　待蘇堤歌聲散盡，更須攜妓西泠；藕花深雨涼翡翠，菰蒲軟風弄蜻蜓。澄碧生秋，鬧紅駐景，采菱新唱最堪聽，一片水天無際，漁火兩三星。多情月，爲人留照，未過前汀。

我們研究詞的演進，在元只有算張仲舉首屈一指。倪瓚字元鎮，詞也還雅潔。顧阿瑛字仲瑛，詞中風趣特勝，晚年間有身世之悲。至元末的詞壇，當推邵亨貞，亨貞字復孺，他那一部蛾術詞選頗有好處。（王氏四印齋中有。）學問淵博，不獨以詞名。詞學清眞，白石，梅溪，稼軒，就像清眞，白石，梅溪，稼軒。摸擬的手段，的確有特長的。他入明以後纔死，總算元詞的尾聲了。

明代的詞更是衰落了，其原因也很多，只可說「南詞」（即南曲）是明的產物，詞不過附庸而已。詞之所以衰，一、以詞當作酬應，了無生氣。二、託體香奩，沒有眞實的情緒。三、好施小慧，流於纖巧。這都是昭著的流弊。在明初時，劉基高啓齊名。劉字伯溫，青田人。小詞頗可誦。如轉應曲：「秋雨秋雨，窗外白楊自語。」踏莎行：「愁如溪水暫時平，雨聲一夜依然滿。」都是雋句。高字季迪，長洲人。隱於青邱，自號青邱子。詞以疏曠見長，不與伯溫相似。楊基字孟載也有擅長小令的，如清平樂，浣溪紗，這些調子，尤能出色。其他王九思，楊愼，王世貞，曲中的地位高於詞中多多，這兒不詳敘了。張綖字世文，馬洪字浩瀾，他兩人在當時有詞人之稱，但時有穢語，並沒有十分佳作。只有明季的陳子龍，是唯一的詞家了。子龍字臥子，青浦人。陳亦峯白雨齋詞話說：「明末陳人中（就是臥子）能以濃豔之筆，傳淒惋之神，在明代便算高手。」實在明人受「八股文」的範圍，理學熾而詞意熄，像臥子這樣沈著，無怪不爲別的人所能追及的了。他也是風流婉麗，偏於小令。柴虎臣謂：「華亭腸斷，宋玉魂消，惟臥子有之，所微短者長篇不足耳。」錄他的蝶戀花：

雨外黃昏花外曉，催得流年，有恨何時了？燕子乍來春又老，亂紅相對愁眉掃。 午夢闌珊歸夢杳，醒後思量，踏遍閑庭草。幾度東風人意惱，深深院落芳心小。

他如山花子「楊柳淒迷曉霧中，杏花零落五更鐘。寂寂景陽宮外月，照殘紅。」淒麗如後主。江城子「楚宮吳苑草茸茸，戀芳叢，繞游蜂。料得來年相見畫屏中。人自傷心花自笑，憑燕子，罵東風。」綿邈悽惻，不落凡響。明亡了，他殉了難；明詞也只有這一點可提及了。

到了清代，我們可以說是詞的回光返照期。一時詞人之盛，門戶派別之多，在這二百八十年中很留下不少的光榮。浙派，常州派，和最近廣西的詞風，皆有敍述的必要。先從清初曹潔躬論起。潔躬名溶，嘉興人。爲浙派的先導。朱彝尊最心折，嘗說：『往者明三百禩，詞學失傳，先生搜輯遺集，余曾表而出之。數十年來浙西塡詞者，家白石而戶玉田，春容大雅，風氣之變，實由於此。』可知他與浙派的關係了。王士禎，曹貞吉，吳綺，雖也算得作手，但王的精力大部分在詩，曹的詞所取途徑甚正，才力卻差，吳在清初詞人中也是兼爲清麗和雄壯兩方面的詞，卻未能自樹一幟。彭孫遹字羨門，他的詞較爲深厚，嚴繩蓀說：『羨門驚才絕豔，長調數十闋，固堪獨步江左；至其小詞，啼香怨粉，怯月淒花，不減南唐風格。』這種朋友標榜的話，當然不能當作定論，但他的詞確有可觀，可惜未能沈著，專以聰明見長罷了。就中有滿洲正白旗人納蘭成德字容若。有人說他是李後主轉生，爲「小令之王。」每一闋必盡悽惋之致。現舉臨江仙如下：

　長記紗窗窗外語，秋風吹送歸鴉。片帆從此寄天涯。一燈新睡覺，思夢月初斜。　便是欲歸歸未得，不如燕子還家。春雲春水帶輕霞，畫船人似月，細雨落楊花。

譚復堂說：「第其品格，殆叔原，方回之亞乎？」他的飲水詞（坊間刊本甚多，吾友唐圭璋校本最佳。）爲治詞者所愛好。還有一個顧貞觀字華峯號梁汾，有兩闋金縷曲寄漢槎，可謂至性流露，字字從肺腑吐出，所以傳誦於世。

季子平安否？便歸來，生平萬事，那堪回首！行路悠悠誰慰藉？母老家貧子幼，記不起從前杯酒，魑魅搏人應見慣；料輸他覆雨翻雲手。冰與雪，周旋久。　淚痕莫滴牛衣透，數天涯依然骨肉，幾家能彀？比似紅顏多薄命，更不如今還有。只絕塞苦寒難受，廿載包胥承一諾，盼烏頭馬角終相救。置此札，君懷袖。

我亦飄零久，十年來深恩負盡，死生師友。宿昔齊名非忝竊，試看杜陵消瘦，曾不減夜郎僝僽。薄命長辭知己別，問人生到此淒涼否？千萬恨，爲君剖。　兄生辛未吾丁丑，共些時冰霜摧折，早衰蒲柳。詞賦從今須少作，留取心魂相守。但願得河清人壽，歸日急翻行戍稿，把空名料理傳身後。言不盡，觀頓首。

讀之，可使人增友朋之情。陳維崧字其年，宜興人。是比較重要一些的詞家。他的氣魄之壯，古今稱最；不獨長調如蘇辛那樣壯闊，就是小令，也豪極了。如點絳唇：「悲風吼，臨洛驛口，黃葉中原定。」好事近：「別來世事一番新，只吾徒猶昨。話到英雄失路，忽涼風索索。」有時也婉麗閑雅，與朱彝尊齊名。曹秋岳說：『其年與錫鬯並負軼世才，同舉鴻博，交又最深，其爲詞工力悉敵。』錫鬯是彝尊的字，又號竹垞，秀水人。浙派的開山，靜志居琴趣（總名曝書亭詞，掃葉山房有石印本）是他詞集中最了不得的作品。試看他自已題詞集的解珮令：

十年磨劍，五陵結客，把平生涕淚都飄零盡。老去塡詞，一半是空中傳恨，幾曾圍燕釵蟬鬢。　不師秦七，不師黃九，倚新聲玉田差近。落拓江湖，且分付歌筵紅粉，料封侯白頭無分。

可見浙派所師是雙白詞。彝尊外還有同邑李良年字符曾的，嘉興李符字分虎爲他的輔翼，浙江詞學之盛可知了。作手中尤推厲鶚，鶚字太鴻，錢唐人。以他的才力很想於宋詞之外別成面目，可惜這是辦不到的事。但他詞中佳處頗多可取。樊榭山房詞（在全集中，全集坊本頗多。）不難購得，我們可取來欣賞。項鴻祚，號蓮生，也是浙中名詞家，詞少薄弱一些。至於常州派，自張惠言和他的兄弟張琦而後張目。惠言字皋文，琦字翰風，抬出溫韋來高標比、興、風騷，以深美閎約爲準，不像浙江之守南宋。但論調太高，畢竟手不應口。惠言的茗柯詞，（附詞選後）在清詞中固有地位，以較北宋諸集，當然有媿色了。論詞家有了一個周濟，作手中有了周之琦，蔣春霖，差不多壟斷了嘉慶以來的詞壇。濟字介存，論詞雜著是詞論中佳作。吾友任二北說：世人但知惠言爲常州派，而不知介存爲變常州派，頗有要義。之琦字稚圭，他的金粱夢月詞頗有渾融深厚之致。春霖字鹿潭，有水雲樓詞。他身經洪楊之亂，很能當作「詞史」讀。我以爲近幾十年在中國文學裏，詞中的鹿潭遠勝於詩中的金和呢。到道咸時，莊譚兩人齊名。莊棫字中白，丹徒人。他的蒿庵詞是自皋文介存那般人光大而出之的。譚獻字仲修，仁和人。所錄篋中詞，搜羅富有，議論也多有獨到處。論浙江的弊病，無不中肯.所以吳瞿安先生說他是「變浙江詞。」談到我們這近三十年的詞，源出廣西。王鵬運字幼霞，臨桂人。他除校刻花間以來的詞集，自已有半塘詞，體製都備。吾鄉端木埰，吳縣許玉瑑，和他同邑人況周頤，皆其詞友，各有造作。歸安朱孝臧字古微也與之游。朱的彊邨語業，況的蕙風詞，可算清末詞集中的傑製。與王同時的鄭文焯字叔問，有樵風樂府。當時南北相持，稱兩大家。名宦中金壇馮煦也有蒿庵詞，與況朱學南宋的作風大不相同。總之，詞到這時候，作者雖然風景雲往，詞的精神已漸消失。清代詞人詞集最多，在我所說，不過萬一；只要從此研求，自得一個系統。（自惠言以下，詞集便於購求，在此處就不詳註了。）

問題

一　南宋與北宋詞的作風底比較。

二　從歷代的背景辨別蘇辛異同。

三　姜白石的受周美成的影響如何？

四　試尋金的元好問，與元的張翥，兩家詞的出處。

五　何以明人不以長調見長？

六　清詞雖盛，爲何不能比於兩宋？

七　浙派與常州派其主旨差異何在？

參考書

這兩章可參考的書很多，有下面這幾部已足敷初步的研究。

劉毓盤：詞史，北京大學講義。

吳梅：詞學通論，東南大學講義，不久可在商務出版。

鄭振鐸：中國文學史第四五章。（商務）

徐珂：清代詞學概論。（大東）

錢基博：現代中國文學長編藁本上編，第四章。（最後這兩書，研究清詞不可不參閱。）

第五章　從詞到曲底轉變

劉熙載藝概說：『曲之名古矣，近世所謂曲者，乃金元之北曲，及後復溢爲南曲者也。未有曲時，詞卽是曲；既有曲時，曲可悟詞。苟曲理未明，詞亦恐難獨善矣。』這一段話，於曲有相當的認識。但還有些不澈底。我在論詞時，已約略說過，這種「音樂文學」講文學叫做詞，指聲音（樂譜）便是曲；所以詞的譜還是曲，而且曲的文字仍然稱詞。於此可知詞曲是對稱的名詞，而「詞」與「曲」又同時是兩種體裁，這兒說的「曲」是指曲體而言。「曲」從何而來的呢？王世貞說得好：『曲者，詞之變，自金元入中國所用胡樂嘈雜淒緊緩急之間，詞不能按，乃更爲新聲以媚之。』可見也是爲著音樂的關係了。不過我在此處要先給大家一個清晰的分界，然後纔好談曲的起原。大概平常見了「曲」這一個字，都要聯想到「戲劇」上去。其實戲劇的曲是「劇曲，」而詩歌的曲就是所謂「散曲。」「散曲」和詩詞同一抒情的詩體，爲韻文正統。有了情節，動作，白文，然後演成「戲劇。」我們所應研究者是「散曲，」而非「劇曲。」談「劇曲」的源流可以上溯巫尸，到宋雜劇，金院本。講到「散曲，」乾脆說就是從「詞」變出來的。何以見得曲是從詞變的呢？我們觀察曲所沿襲於詞的可知：(一)曲的宮調牌名多根據詞的。南宋時候所存七宮十二調，（見前）考核中原音韻只存六宮十一調，故有十七宮調之名。到了元又亡了歇指調，角調，宮調，於是變成十四宮調，後來南曲又失商角調，僅存十三了，因爲六宮也改稱調，所以明蔣惟忠有十三調譜之作。這北十四，南十三，皆由十七宮調而來，那麽南北曲宮調出於詞的宮調，可無疑義。至曲的調名（俗所謂曲牌）與詞相同的頗多。中原音韻所紀三百三十五章，細細分析，出於古曲的一百十章，占全數三分之一。不過在北曲中牌名雖同。句法並不一樣。到南曲裏像虞美人，謁金門，一剪梅，完全無差池。這或者因爲北人音樂與中原差異太大，而南曲正是折衷詞與北曲的緣故。(二)曲的體裁也多根據詞的。可分三種：確是一體而曲自詞變化出來的，如尋常散詞變成曲的小令；詞中成套的，變成曲中套數，（不過在詞甚少見。）詞的犯調成爲北曲的過帶曲，南曲的集曲；詞的聯章變爲曲的重頭。還有雖不是一體而極相當的，如詞的「大遍」與曲的「套數」；詞的「摘遍」與曲的「摘調」。至於自詞變出而未成曲形的，如「諸宮調，」「賺詞，」這又屬於詞曲難分的一種。從以上論述可知曲之淵源所自。但這演變之理，我們也可以看得出：（一）由詞發達而爲曲。如詞的成套變成曲的成套。詞中大遍，無論法曲，大曲，皆有散序，歌頭，這不是套曲裏的散板引子麼？大曲的殺袞，這不是套曲的尾聲麼？所以法曲大曲，雖仍認他是一詞多遍相聯，其實已有幾套的形式。換一句話說，便是套詞的一種。套在詞，起初是一詞多遍，後來是一宮多調。將變爲曲的時候，諸宮調可以聯套；已變爲曲了，一套裏還可借宮，再進一步可以聯合南北曲成套。(二)由詞退化爲曲，如詞的散詞，變爲曲的小令。在詞中雙疊，三疊，四疊的調子，必不容割去下疊或下數疊不塡，但曲的原調雖有么篇或者么篇換頭的，除了黑漆弩晝夜樂幾個曲調一塡兩疊外，例多略而不塡。所以詞調有二百多字極長的，而曲除增句格帶過曲，或集曲外，大都不滿一百字的。於此可見詞的進化退化便漸漸形成曲了，而在宋元之間，詞曲本不分的。從這歷史上與組織上兩種關係，可知詞曲同是合樂文學，又有相互的因果。所以詞曲合併的研究非常需要。吾友任二北先生就有此提議，主張成「詞曲備體」和「詞曲通譜」二書。假使此種工作有人完成，詞與曲的分合狀態，便十分的顯著了。他的話很可供研究詞曲者參考，並且有很好的方法，容我摘述其要。第一步，所謂「列體」。「列體」就是把詞曲中自簡到繁的一切體裁，羅列出來。每體標一名，再說明他的形式，精神，來源，變遷，創始者，盛行的時期，更舉一例。集合各體，說明完備，這「詞曲備體」一書就可成稿。但非一時所能作好的。詞曲各體，並列一表：

詞
- 尋常散詞
  - 令……引……近……慢……犯調……摘遍……序子
  - 單調……雙調……三疊……四疊……疊韻
  - 不換頭……換頭……雙拽頭
- 聯章
  - 一題聯章……分題聯章
  - 演故事者——每詞演一事……多詞演一事
- 大遍——法曲……大曲……曲破
- 成套者——鼓吹……諸宮調……賺詞
- 雜劇詞——用尋常詞調者……用法曲者……用大曲者……用諸宮調者

小令
- 尋常小令……摘調
- 重頭……一題者……分題者
- 帶過曲——北帶北……南帶南……南北兼帶
- 集曲——兼集尾聲者……不集尾聲者

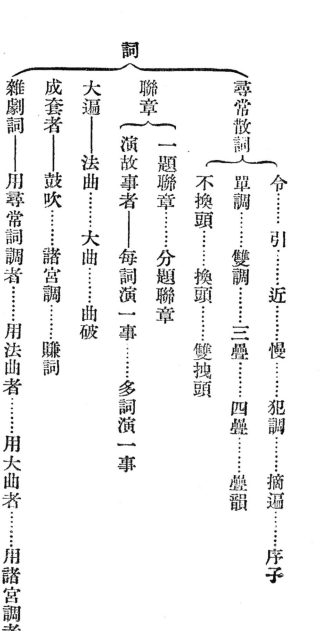

- 曲
  - 演故事者——同調重頭……異調間列
  - 套數
    - 尋常散套——南北分套……南北合套
    - 重頭加尾聲
    - 無尾聲者——尋常散套無尾聲……重頭無尾聲
  - 雜劇院本傳奇
    - 四折
    - 有楔子——一用……再用（如孔文卿東窗事犯）
    - 一折……二折……三折……五折……六折
    - 用北曲……用南曲

（以上表中所列各體，有些需要解釋，可參閱任著詞曲通誼，商務發行。）

第二步，所謂「辨體，」就是因詞曲間彼此比較，而觀歷史和形式兩方面相互關係。如原是一體，或並非一體；進化的或退化的，（說見前）可以曉得消長之原。第三步，所謂「計調。」調本是詞曲所完全寄託的，詞曲皆合樂的，這調的發生和變遷，正是樂的發生和變遷。詞樂既變成曲樂，詞樂卽亡；詞樂雖亡，還有詞調。現在尋曲樂與詞樂的變遷之跡，就不能不詳究詞調與曲調。詞調在第二章曾經說過。杜文瀾刻詞律附拾遺共八百七十餘調，一千六百七十餘體，可算較完備的數目。譬如欽定詞譜，歷代詩餘，調數雖多，不大可靠。至於調名，比體調還要複雜，可以分別統計：甲、補列宋元詞調。萬樹與徐本立所編詞律，擯除明清人的創調，而容納元人的。不過元人創的調，頗多是曲。應當詞歸詞，曲另歸曲。杜萬徐幾家當時見到宋元人詞集很少，自來筆記詞話中談詞調的也不少，幾家已引未引，我們都要留意，如果有遺調，便當補列。乙、搜彙明清詞調。明清人所創調，雖不能與宋元有同等價值，但亦不應當拋棄了他。這種材料散見明清人集中。如近人懷豳雜俎裏的新聲譜就是這種工作，我們應廣而正之。丙、統計詞調別名。補列宋元人調時，往往遇着新異的調名而實際已見詞譜中的，最容易被蒙混過去。應細加考訂，何爲正名？何爲別名？這於整要詞調上很有貢獻的。至於曲調的統計，也可分三點：甲、羅列曲調數目。大概譜書愈古調愈簡，後出的愈繁。有時却於應用的曲譜，僻調删除，較舊出爲省。我們可就普通的譜書，分南北兩項，按宮排比，塡入調數，所有消長可考見出來的。乙、搜羅曲的遺調。九宮大成譜，是比較收曲調最完備的，但未收的也很多，如永樂時諸佛名歌裏北南曲都有，而未采入。其他，元明曲本中也會有的。至於犯調，集曲，可仿搜明清人所創詞調一例蒐集。丙、統計曲調別名。曲調的別名比較少得多，然而間或也有，如折桂令又作折桂回，碧梧秋即梧葉兒，梅邊就是鬧金經之類，仿詞調別名例，免得搜遺調者多一重障礙。爲做這樣工作便利計，可編一辭典式的小册。遇到發現一個新異的調名，我們可據以知前人譜書收過沒有？是詞，還是曲？是詞，有幾字？是曲，在南北和宮調何屬？別名是什麽？一名數調的，也知某體如何，某體如何。這種小册的排列，可以第一字筆畫爲準。如天香，天仙子，天淨沙，凡「天」字是調名第一字，概歸「天」字下。「天」下又以調名字數排次，天香兩字在前，天仙子三字在後。同爲兩字或三字，卽以第二字的筆畫順序。如此在新材料入手時，很順利的檢查着；積久下來，重加編排，豈不成了研究之助。舉例如下：

〔一畫〕 一

一煞（曲）（一）北中呂（二）北高宮（三）北黃鐘。

一七令（詞）四十五字。

一寸金（詞）一百八字。

一片子（詞）二十字。

一片錦（曲）卽十樣錦。

一疋布（曲）南越調。

一半兒（曲）北仙呂。

一年春（詞）卽青玉案。

一江風（曲）南南呂。

一枝春（詞）九十四字。

一枝花（曲）（一）北南呂（二）南南呂引子。

一盆花（曲）南仙呂。

一封書（曲）南仙呂一名秋江送別。

一封歌（曲）南仙呂集曲。

一封鶯（曲）南仙呂集曲。

一秤金（曲）南仙呂集曲。

一封羅（曲）南仙呂集曲。

一捻紅（詞）（一）卽一萼紅（二）卽瑞鶴仙。

一痕沙（詞）（一）卽昭君怨（二）卽點絳脣。

一斛乂（曲）北仙呂。

一斛珠（詞）五十七字一名醉落魄，怨春風。

一絲風（詞）即訴衷情。
一絲兒（詞）即訴衷情之雙疊體。
一萼紅（詞）一百八字一名一捻紅。
一絡索（詞）四十五字一名玉連環，洛陽春，上林春。
一剪梅（詞）五十九字一名臘梅香。
一葉落（詞）三十一字。
一錠銀（曲）北雙角。
一撮棹（曲）南正宮。
一點春（詞）二十六字。
一機錦（曲）（一）北雙角（二）北大角石（三）南仙呂。
一叢花（詞）七十字。
一蘿金（詞）即蝶戀花。

一封河蟹（曲）南仙呂集曲。
一緺兒麻（曲）北雙角。

至於內容條例，也可以大略如下式：

詞

（一）調名
（二）宮調　宋以前如何，宋如何，宋以後如何，明清曲譜中如何能詳則詳。
（三）源流　或源自唐教坊曲或源自法曲，大曲令，近，引，慢之繁衍如何南北曲之轉變如何？
（四）名解　毋穿鑿，毋附會，毋蹈虛。毛先舒塡詞名解，汪汲詞名集解，與明淸各家詞話之所載，皆宜愼審採錄。
（五）創始者　依成說爲易，自行考訂爲繁，二者宜參酌行之。
（六）別名　列其名，並明其始自何人，務詳備無遺。

(七)片數

(八)字數

(九)句數 分片說明。

(十)韻數 平仄分別說明。

(十一)別體 扼要數語不能繁。

(十二)律要 四聲不能夠易之字法，駢散不能隨便之句法，擇要述之。

曲

(一)調名

(二)宮調 用元明譜書所通屬者；大成譜所屬若與之異，亦及之。

(三)源流 與詞之關係，南與北之關係。

(四)名解 有解之必要，或確有的解者，及之。

(五)創始者 集曲始見於何種傳奇，尤宜注意。

(六)別名

(七)句法　因曲盛行襯字之故，辨調者必求正襯分明，故此處有逐句指明字數之必要。集曲猶需指明所集何調？某調用某某句，句數則亦附及焉。

(八)韻數　同詞。

(九)板數　於南曲則註明，可就南詞定律所載者錄之；北曲毋庸。

(十)曲性　南曲聲音方面，分別粗，細，可粗可細三種；前後二種宜注明。配搭方面分聯套，兼用，專用三種，亦宜注明。此項依曲律易知一書。

(十一)別體　同詞。大成譜所列，凡增字格概可免，蓋所增多屬襯字也；增句者或減句者，或字句迥異者，方可認為別體。

(十二)律要　同詞。於一定之格，尤需註明。

現在就詞南北曲，各舉一例以示範：

一斛珠

詞，宋史樂志有一斛夜明珠，屬中呂；尊前集註商調；董西廂屬仙呂，嗣後譜書多從之。故大成譜列北仙呂。本唐樂府明皇封珍珠一斛賜梅妃，妃謝以七言絕句，明皇命以新聲度之，曰一斛珠，見梅妃傳。詞始於後主李煜。張先詞名怨春風。晏幾道詞名醉落魄，後多從之。雙疊五十七字，前後各五句，四仄韻。南宋人創別體：或將換頭平仄仄平平仄仄，易爲平平仄仄平平仄，而前後用去平仄作結；或將前後次句上四下三句法，易爲上三下四；或改每句叶韻。董西廂所用仍本體，惟間入平韻，參看醉落魄纏冷條。

一半兒

曲，北仙呂宮。始自元人，就詞調憶王孫改成。句法七七七三九，五句，五韻，四平一上。上韻在結句，且此句必作「一半兒口口一半兒口」是格。調亦以此得名。第三句宜作平仄仄平平仄平，舊譜多誤。

一封歌

集曲，南仙呂。聯套用。見節孝記者爲一封書首八句，及排歌七句至末句。共十二句，九韻，六仄，三平。三十二板。見十孝記者，排歌用四句至末句，共十五句，十一韻，六仄，五平。三十八板。（按，不云「粗曲」抑可粗可細者，卽明其爲「細曲」也。集曲無不是一板三眼，細唱者。）

照這樣搜羅完備，統計精詳；再行著手探尋詞曲間的變遷。至少可看出九種關係來：一、名同調同曲借詞用，絲毫沒有變更的。沈雄古今詞話說有六十調，或者還不止此。二、名同調同，而詞易爲曲，頗有變動的。如醉花陰詞中句法與曲便不相同。三、名同調異，而曲中借名之由，一時無可尋跡的。如南曲醉落魄，望遠行；北曲感皇恩，烏夜啼皆是。四、名相同或相似，尚可見，而調之同異已不可知。如詞中大曲降黃龍前衮中衮與曲之降黃龍衮是。五、名異調同，曲借詞用，僅換一名的。如北曲柳外樓就是詞之憶王孫。六、名異調同，而曲中略增格律的。如一半兒是。七、名異調同，而曲中略減格律的。如北曲也不羅，卽詞中喜遷鶯是。八、名屬相似，而調確有關的。如南曲搗白練和詞中搗練子是。九、名雖相似，而調並無關的。如北曲川撥掉與詞中撥掉子是。照這九種關係，分類搜集，並列一處，加上說明和推解，於是完成「詞曲通譜」一書。有了「詞曲備體」和「詞曲通譜，」不獨從詞到曲的轉變完全了解，而且詞與曲的形式，內容，來源，體段，無不明白。根據此種合併研究法，還有三種長處：一、詞曲的異同顯著了。譬如詞曲同是長短句，何以詞有其名，而曲沒有呢？因爲詞繼承詩由整齊到長短，所以得名。而詞本長短，曲承繼他，自然不必標異。又如叶韻，平仄兼叶，詞曲相同。入聲分派三聲又與平上去兼叶，詞中便沒有此例。再如詞中禁「尖新，」而曲中便優容之。於是可知詞尙新，而必淸新；曲尙新，而不妨「尖新。」……諸如此類異同可見。二、概念可以正確。平常專治詞或曲的，其意見多偏。一經相提並論，自然可以貫悟。如貴詞賤曲之習，如知重劇曲而漠視散曲之陋，都可校正。三、討論周密。因爲比附對勘的關係，可以另得見解。譬如詞沒有襯字，但一調數體，字數就會有差異；與曲加襯字，有無因果呢？又如曲中大套，往往不得通首俱佳，我們偶採其中一二支，好像有割裂的毛病，遲疑起來見詞中摘遍，有先例在，可證明不是自我作古了。上面所說皆空泛的理論，不過主張合併以及合併研究的方法。至詞曲的比較，再附簡明的表式，此聊供借鏡而已，未必便是完美的比較表。

綱目 \ 項別		詞	曲	備註
名稱	見成因者	樂府，樂章，琴趣，鼓吹。	樂府	樂章如柳永之樂章集鼓吹如夏元鼎蓬萊鼓吹
	見淵源者	詩餘	詞餘	晏幾道詞名樂府補亡黃載萬詞名樂府廣變風可參證
	見形狀者	長短句		
	見精神者	詞（意內言外）	曲（音曲，意曲，詞直。）	
	其他	歌曲，曲子，詞曲	葉兒	詞之所列三名，可證詞曲自來合一
	……	……	……	……
創始		唐，宋，	宋，元，	詞除序子外，各體皆始於唐。

歷史			體				律	韻		音調
最盛	衰微	……	成套者	不成套者	演故事者	……			……	
兩宋，	元、明，	……	鼓吹，諸宮調，賺詞	令，引，近，慢，序子	雜劇	……	分陰陽平，上，去，入，五聲	分十九部（平上去十四入五）	……	七宮十二調
元、明	近世	……	南北分套，南北合套	小令，重頭，帶過曲集曲	雜劇，傳奇	……	北陰陽平、上，去，四聲南四聲各分陰陽	分二十部（平上去十二入八）	……	北六宮十一調，南十三調
		……				……			……	

一一三

牌調	約九百調	北約四百五十，南約千三百五十
……	……	……
裁		
源於詩	得風雅比興者多	得賦頌者多
進度	妥溜，清新，沉鬱，渾脫	妥溜，尖新，豪辣，灝爛
其他	深，內旋	廣，外旋
……	……	……

但是詞與曲分合的大概，於此略可窺見了。

問題

一　曲在詩的傳統裏應占什麼樣的地位？

二　何以知道曲是從詞變化出來的？

三　如何可成「詞曲備體」一書？

四 有了「詞曲通譜」對於詞曲研究有什麽便利？

五 試在詞曲比較表內尋繹詞曲的不同處。

參考書

吳梅：詞餘講義，北京大學講義本。

任訥：詞曲研究法，廣東大學講義本。

第六章　曲各方面的觀察

「曲」這個名稱的意義，就是曲曲折折的情意，直直爽爽的說出來。因爲這個緣故，什麼在「詩」在「詞」所不能表現的，都可以從「曲」表現。又因爲曲是詞的繼承者，所以同詞名「詩餘」一樣的受了「詞餘」的命名。我們所以說「散曲」是爲着與戲劇對待而言，實際散曲是曲的「正體」，而劇曲是曲的「變體」，爲使人淸晰，故標明出來。

從前章曲的分類表看來，曲的包涵甚廣，但取散曲說，只小令與套數兩種。「小令」與詞的「小令」不同，詞小令以字數計，而曲小令是指一支而言，在元人叫做「葉兒」。除了只有一支外，有五類。無論一題或者多題，有好幾支，曰「重頭。」在南曲裏有無尾的套數常同重頭混淆；其實通體一韻便成套，重頭前後異韻是無妨的。還有一種「摘調」，是從一套裏摘一支出來的，所謂「帶過曲」是二支或二支以上的曲子湊合成一支。「集曲」也是節取幾支的詞句，替他另創一個調名。又有「演故事的，」紀動的如雍熙樂府中摘翠百詠，即以小桃紅一調重頭紀言的如樂府羣玉中雙漸小青問答，以天香引做問，凌波仙做答二調相間的排列。這五類，皆屬於小令的變態套數呢，是宮調相同的曲子聯貫而成的。王季烈的螾廬曲談上說：「套數南北曲中皆有一定之體式，在北曲雖有長套短套之別，而各宮調之套數，其首尾數曲，殆爲一定，不過中間之曲，可以增刪改易及前後倒置耳。在南曲則惟引子必用於出場時，尾聲必用之於歸結處，至中間各曲，孰前孰後，頗難一定。然非無定也，蓋南曲有慢急之別，慢曲必在前，急曲必在後，欲聯南曲成套數，先當辨別何者爲慢曲，何者爲急曲，何者爲可慢可急之曲；而後體式可無誤也。」北套數或南套數所謂通常套數。自沈和創合套，於是南北合成套數。在南曲中，又有以一調重頭加尾聲而成套。也有通常套數無尾聲，或者重頭無尾聲的，至於南曲與北曲的分別究竟何在？我想大家必定要懷疑的。這種分別大約很早。宋人胡翰說過：「晉之東，其辭變爲南北，南音多豔曲，北俗雜胡戎。」吳萊也說：「晉宋六代以降，南朝之樂，多用吳音；北國之樂，僅襲夷虜。」這種話很空泛，不如明人說南北聲律同異來得淸楚一點。康海說：「南詞主激越，其變也爲流麗；北曲慷慨，其變也爲朴實。惟朴實故聲有矩度而難借，惟流麗故唱得宛轉而易調。」王元美的藝苑巵言說：「北主勁切雄麗，南主淸峭柔遠，北字多而調促，促處見筋；南字少而調緩，緩處見眼。北辭情少而聲情多，南聲情少而辭情多。北力在絃，南力在板。北宜和歌，南宜獨奏。北氣易粗，南氣易弱，此其大較。」但臧晉叔在元曲選序中就駁他這些話。「予嘗見王元美之論曲曰：北曲字多而聲調緩，其筋在絃；南曲字少而聲調繁，其力在板。夫北之被索，猶南之合簫管，僅藏掩抑，頗足動人；而音亦嫋嫋，與之俱流，反使歌者不能自主，是曲之別調，非其正也。若板以節曲，則南北皆有力焉。如謂北筋在絃，亦謂南力在管，可乎？惜哉元美之未知曲也。」這麼一爭論，分外烏烟瘴氣使人莫明其妙了。於是遂有人說「是固非後人所能盡明。」其實，簡單的一句話可以解釋。近來常有人來問我，我便說：「你要知道南北曲的差異，正在北曲是北曲，南曲是南曲。」好像很滑稽似的。然而這句話知者可以曉得妙處。因爲北曲與南曲完全兩事，大家不可無此觀念。假使以爲曲有北曲，再變爲南曲，便糾纏不清。這與詞中小令到長調，絲毫不相似的。

其次談曲的宮調。北曲常用的只黃鐘，正宮，仙呂，南呂，中呂，大石，商調，越調，雙調九種宮調。南曲有仙呂，正宮，中呂，南呂，黃鐘，道宮，越調，商調，雙調，仙呂入雙調，羽調，大石，小石，般涉十四種。北曲套數就在這九宮調中有下列的限制：

〔仙呂宮〕

1. 點絳唇　混江龍　油葫蘆　天下樂　那吒令　鵲踏枝　寄生草
煞尾
2. 點絳唇　混江龍　油葫蘆　天下樂　後庭花　青歌兒　賺煞
3. 點絳唇　混江龍　村裏迓鼓　寄生草　煞尾

4. 村裏迓鼓 元和令 上馬嬌 勝葫蘆 煞尾

[南呂宮]

1. 一枝花 梁州第七 四塊玉 哭皇天 烏夜啼 尾聲
2. 一枝花 梁州第七 牧羊關 四塊玉 罵玉郎 元鶴鳴 烏夜啼 尾聲
3. 一枝花 四塊玉 罵玉郎 感皇恩 採茶歌 草池春
4. 一枝花 梁州第七 九轉貨南兒

[黃鍾呂]

1. 醉花陰 喜遷鶯 出隊子 刮地風 四門子 水仙子 煞尾
2. 醉花陰 出隊子 刮地風 四門子 水仙子 尾聲

[中呂宮]

1. 粉蝶兒 醉春風 石榴花 鬥鵪鶉 上小樓 煞尾
2. 粉蝶兒 醉春風 迎仙客 石榴花 上小樓 么篇 小梁州 么篇 朝天子 煞尾
3. 粉蝶兒 醉春風 迎仙客 紅繡鞋 石榴花 鬥鵪鶉 快活三

十二月 堯民歌 上小樓 么篇 煞尾

4. 粉蝶兒 醉春風 十二月 堯民歌 石榴花 鬥鵪鶉 上小樓

么篇 煞尾

5. 粉蝶兒 上小樓 么篇 滿庭芳 快活三 朝天子 四邊靜

要孩兒 三煞 二煞 一煞 煞尾

【正宮】

1. 端正好 滾繡球 叨叨令 脫布衫 小梁州 么篇 快活三

朝天子 煞尾

2. 端正好 滾繡球 叨叨令 脫布衫 小梁州 么篇 上小樓

么篇 滿庭芳 快活三 朝天子 四邊靜 要孩兒 五煞 四

煞 三煞 二煞 一煞 煞尾

3. 端正好 蠻姑兒 滾繡球 叨叨令 伴讀書 笑和尚 倘秀才

滾繡球 煞尾

4. 端正好 滾繡球 俏秀才 滾繡球 俏秀才 滾繡球 俏秀才
滾繡球 煞尾

5. 端正好 滾繡球 叨叨令 俏秀才 滾繡球 白鶴子 耍孩兒
三煞 二煞 一煞 煞尾

〔大石調〕

1. 六國朝 喜秋風 歸塞北 六國朝 雁過南樓 擂鼓體 歸塞
北 好觀音 好觀音煞

〔商調〕

1. 集賢賓 逍遙樂 上京馬 梧葉兒 醋葫蘆 么篇 金菊香
柳葉兒 浪裏來 高過隨調煞

2. 集賢賓 逍遙樂 金菊香 梧葉兒 醋葫蘆 么篇 後庭花
柳葉兒 浪裏來煞

〔越調〕

1. 鬥鵪鶉 紫花兒序 小桃紅 金集葉 調笑令 禿廝兒 聖藥
王 麻郎兒 絡絲娘 尾聲

2. 鬥鵪鶉 紫花兒序 金蕉葉 小桃紅 天淨沙 么篇 禿廝兒
聖藥王 尾聲

3. 看花回 綿搭絮 么篇 青山口 聖藥王 慶元貞 古竹馬
煞尾

【雙調】

1. 新水令 折桂令 雁兒落 得勝令 沽美酒 太平令 鴛鴦煞

2. 新水令 駐馬聽 喬牌兒 攪箏琶 雁兒落 得勝令 沽美酒
川撥棹 太平令 梅花酒 收江南 清江引

3. 新水令 駐馬聽 沈醉東風 雁兒落 得勝令 挂玉鉤 川撥
棹 七弟兄 梅花酒 收江南 煞尾

4. 新水令 駐馬聽 胡十八 沽美酒 太平令 沈醉東風 慶東
原 雁兒落 得勝令 攪箏琶 煞尾

5. 新水令 步步嬌 沈醉東風 攪箏琶 雁兒落 得勝令 挂玉

鈎 殿前歡 煞尾

6. 夜行船 喬木查 慶宣和 落梅風 風入松 撥不斷 離亭宴帶歇拍煞

至於南北合套，也有定例；此處取最通常的示例如下：

〔仙呂宮〕 北點絳唇 南劍器令 北混江龍 南桂枝香 北油葫蘆 南八聲甘州 北天下樂 南解三醒 北哪吒令 南醉扶歸 北寄生草 南皂羅袍 尾聲

〔中呂宮〕 北粉蝶兒 南泣顏回 北石榴花 南泣顏回 北鬥鵪鶉 南撲燈蛾 北上小樓 南撲燈蛾 尾聲

〔黃鐘宮〕 北醉花陰 南畫眉序 北喜遷鶯 南畫眉序 北出隊子 南摘溜子 北刮地風 南滴滴金 北四門子 南鮑老催 北水仙子 南雙聲子 北煞尾

〔正　宮〕南普天樂　北朝天子　南普天樂　北朝天子　南普天樂　北朝天子　南普天樂

〔仙呂入雙調〕北新水令　南步步嬌　北折桂枝　南江兒水　北雁兒落帶得勝令　南僥僥令　北收江南　南園林好　北沽美酒帶太平令　南尾聲

南詞的套數，例子更繁，因爲無一定的格式。除以上所舉合套，在散曲中用重頭最多，這兒不必詳敍。至於各宮調的聲調，其特色是：

仙呂宮清新綿邈，　南呂宮感歎傷悲，　中呂宮高下閃賺，

黃鐘宮富貴纏綿，　正宮惆悵雄壯，　道宮飄逸淸幽，(以上六宮)

大石調風流蘊藉，　小石調旖旎嫵媚，　高平調條拗滉漾，

般涉調拾掇抗塹，　歇指調急併虛歇，(已亡)　商角調悲傷宛轉，(南亡北存)

雙調健捷激裊，　商調悽愴怨慕；　角調嗚咽悠揚，(已亡)

宮調典雅沈重，（四十八調中無此不詳其理）。越調陶寫冷笑，（以上十一調）

談到曲韻，必先清楚清濁陰陽。大概天下的字，不出宮商角徵羽五音，分屬人口，就是喉齶舌齒唇五聲。喉屬宮，齶屬商，舌屬角，齒屬徵，唇屬羽。宮音最濁，羽音最清。北曲用韻是周德清的中原音韻，南曲便不同了，明人多本洪武正韻；後來范善臻的中州音韻出來，大家都用他，因為南北曲皆可用。講韻的陰陽，平聲入聲極容易辨別，上去便比較難些。因為上聲的陽近於去，去聲的陰近於上。周氏中原音韻只有平聲別陰陽，去上皆不辨。而范氏於上去皆一一分別。凡曲中上去去上，最重在每句末處曲之末句末字，能完全遵守上去方好，不得已時也只可多用去，勿多用上。而兩去兩上也不宜疊用。入聲字作平上去三聲用，遇平上去三聲用字欠妥當，以入聲字代之。但韻脚以入聲代平上去總是不妥當的。

以下論曲的字法。王驥德曲律說：「下字為句中之眼，古謂百鍊成字，千鍊成句」要新又要熟，要奇又要穩；可分幾層來解釋：一、用字。周德清作詞十法說：「不可用生硬字，太文字，太俗字。」曲律裏曲禁四十則說：「用字忌陳腐，（不新采）生造，（不現成）俚俗，（不文雅）蹇澀，（不順溜）粗鄙，（不細膩）錯亂，（無次序）蹈襲，（忌用舊曲語意，若成語不妨）太文語，（不當行）太晦語，（費解說）經史語，（如西廂靡不有初，鮮克有終之類）學究語，（頭巾氣）書生語。（時文氣）」二、襯字。此是曲比詞特異的地方。在北曲中除遵譜格可加襯字。不論四聲，虛實也能並用。南曲普通加三虛字。三、務頭。吾師吳先生說：「務頭者，曲中平上去三音聯串之處也。如七字句，則第三第四第五三字，不可用同音。大抵陽去與陰上相聯，陰上與陽平相聯。或陰去與陽上相聯，陽上與陰平相聯。每一曲中必須有三音或二音相聯之一二語，此即務頭也。」四、重字。上下文有重字，要勘換去除「獨木橋體」用一韻到底；重韻也當避免。五、閉口字。如侵覃鹽咸等部撮唇收鼻之音，都閉口讀的字，在曲中只許單用。六、疊字。曲中多新異的疊字，如撲騰騰，寬綽綽，笑呷呷，踈剌剌……大半是當時俗語。七、字音。曲中字面，要先正其音讀。譬如倩這個字，雇倩之倩作淸字的去聲讀，巧笑倩兮的倩音茜兩種讀法，不可不知。這七種皆曲中的字底規範。

曲的句法，曲律說得好：「句法宜婉曲不宜直致，宜藻豔不宜枯瘁，宜溜亮不宜艱澀，宜輕俊不宜重滯，宜新采不宜陳腐，宜擺脫不宜堆垛，宜溫雅不宜激烈，宜細膩不宜粗率，宜芳潤不宜噍殺。又總之宜自然不宜生造……」作詞十法說：「可作：樂府語，經史語，天下通語。不可作：俗語，蠻語，謔語，市語，方語，書生語，譏誚語，全句語，构肆語，張打油語，雙聲疊韻語，六字三韻語，語病，語澀，語粗，語嫩。」黃周星製曲枝語道：「曲之體無他，不過八字盡之。曰，少列聖籍，多發天然而已。」造句普通有四法：一、疊字句。如「一聲梧葉一聲秋，一點芭蕉一點愁。」二、疊句。如「我鑾輿，返咸陽；返咸陽，過宮牆；過宮牆，遶迴廊……」三、排句。如「得一會家縹緲呵，忘了魂靈；一會家精細呵，使著軀殼；一會家混沌呵，不知天地。」四、比較句。如「日長也愁更長，紅稀也信更稀。」對偶也是曲的勝處。曲律說：「

凡曲遇有對偶處，得對方見整齊，方見富麗。」作詞十法說：「逢雙必對。」而對有「扇面對，」「重疊對，」「救尾對，」「合璧對，」「連璧對，」「鼎足對，」「聯珠對，」「隔句對，」「鸞鳳和鳴對，」「燕逐飛花對，」……好在我們要完全研究作法，可看任二北先生作詞十法疏證（散曲叢刊中有，中華出版）此處不必詳釋。至曲體，太和正音譜分爲黃冠，承安，玉堂，草堂，楚江，香奩，騷人，俳優，丹丘，宗匠，盛元，江東，西江，東吳，淮南十五體，眉目不清；俳體如短柱，獨木橋，疊韻，犯韻，頂眞，疊字，嵌字，反覆，回文，重句，連環，足古，集古，集語，集劇名，集調名，集藥名，概括，翻譜，諷刺，嘲笑，風流，淫虐，簡梅，雪花二十五體，大部分都在纖巧上用工夫，失了曲的精神。姚華曲海一勺說：「一物之微，一事之細，嘗爲古文章家不能道，而曲獨纖微畢露，譬溫犀之照象，象禹鼎之在山。」曲是多麼自然的文體！我們應當知道。

問題

一 試論小令，套數的區別。

二 南北曲的分別，何以一般人說不淸楚？

三 各宮調聲調的特色，與曲人的情感有無關係？

四 曲中用字的標準何如？

五 試比較曲的句法與詞的句法。

六 對偶於句法有什麼影響？

七 製作北曲套數與南曲套數有何差異？

八 辨別上去的陰陽，始自何時？

參考書

許之衡：曲律易知（飲流齋刊本）

吳梅：詞餘講義（北京大學講義本）

任訥：散曲概論（中華）

盧冀野：最淺學曲法（大東） 一三二

第七章 幾個重要的曲家（上）

研究曲之難，何以較詞爲甚？一則因爲許多年來，人人以爲曲就是戲劇，而不知爲詞的承繼者正有散曲在。二則曲集的佚亡，使治曲者無從下手；幸最近發現不少向來罕見的曲集，庶乎可供我們的賞鑒。現在以我所得，取元明以來的曲家和每人的作品略爲敍述，俾知曲海之中，也有傑出之士。

從來稱元曲四大家關，馬，鄭，向，是指元劇而言。但四家中也有散曲。（吾友任二北有四家曲輯本，中原書局出版。）關漢卿號已齋叟，大都人，金末爲太醫院尹，金亡便不做官了。好談妖鬼，有鬼董一書；而於劇曲所作至多。楊維楨元宮詞：「開國遺音樂府傳，白翎飛上十三絃；大金優諫關卿在，伊尹扶湯進劇編。」一這兒所說的關卿就是他。（伊尹扶湯是鄭德輝作，楊先生弄錯了。）他平生軼事，頗有有趣的：他曾見從嫁一婢，非常美貌，百計想得到她，但爲夫人阻止，於是不得已，作了一支小令道：「鬟鴉，臉霞，屈殺了將陪嫁。規模全似大人家，不在紅娘下；巧笑迎人，文談回話，眞如解語花。若咱，得她，倒了蒲桃架！」夫人見了，以詩爲答：「聞君偷看美人圖，不似關王大丈夫；金屋若將阿嬌貯，爲君唱徹醋葫蘆。」漢卿只有太息而已。他的小令四十一首，套數十一套。現在錄一半兒題情兩支如下：

雲鬟霧鬢勝堆鴉，淺露金蓮簌絳紗，不比等閑牆外花。駡你個俏寃家，一半兒難當，一半兒耍。

碧紗窗外悄無人，跪在牀前忙要親，駡你個負心回轉身。雖是我話兒嗔，一半兒推辭一半兒肯。

正音譜評他的詞：「如瓊筵醉客。」我說他在諧謔之中，有人所不敢言的話，這正是當家的曲子。馬致遠字東籬，也是大都人。正音譜評他的詞：「如朝陽鳴鳳。」又「其詞典雅清麗，可與靈光景福相頡頏，有振鬣長鳴，萬馬皆瘖之意。

又若神鳳飛鳴於九霄，豈可與凡鳥共語哉！列羣英之上。」他的秋思夜行船一套，周德清評爲元人之冠，堯山堂外紀稱爲元人第一；而爲後來曲人所喜步武的。

〔雙調夜行船〕百歲光陰一夢蝶，重回首往事堪嗟。昨日春來，今朝花謝，急罰盞夜闌燈滅。〔喬木查〕想秦宮漢闕，都做了衰草牛羊野，一恁漁樵沒話說。縱荒墳斷碑，不辨龍蛇。〔慶宣和〕投至狐蹤與兔穴，多少豪傑，鼎足三分半腰折，如今是魏耶？晉耶？〔落梅風〕天教富，莫太奢，沒多時好天良夜。看財奴硬將心似鐵，空辜負錦堂風月。〔風入松〕眼前紅日又西斜，疾似下坡車。曉來青鏡添白雪，上牀和鞋履相別。休笑我鳩巢計拙，葫蘆提一任粧呆。〔撥不斷〕利名竭，是非絕，紅塵不向門前惹，綠樹偏宜屋角遮，青山正補牆頭缺；更那堪竹籬茅舍。〔離亭宴帶歇拍煞〕蛩吟一覺纔寧貼，鷄鳴萬事都休歇。爭名利何年是徹？密匝匝蟻排兵，亂紛紛蜂釀蜜，急攘攘蠅爭血。裴公綠野堂，陶令白蓮社；愛秋來那些：和露滴黃花，帶霜烹紫蟹，煮酒燒黃葉；人生有限杯，能幾個登高節！分付俺頑童記者：便北海探吾來，道東籬醉了也。

沈鬱蒼涼，他的胸襟是如何的高曠。還有一支越調天淨紗，所謂直空今古的：

枯藤老樹昏鴉，小橋流水人家，古道西風瘦馬。夕陽西下，斷腸人在天涯！

王靜庵先生說元曲文章好處是自然而已。此曲正足爲自然的代表。鄭光祖字德輝，襄陵人。他的散曲僅有小令三首，套數三首，是比較不重要的。向樸字仁甫，號蘭谷，澳州人。著有天籟集，也刊在九金人集中。集中所未刊的陽春曲二支：

笑將紅袖遮銀燭，不放才郎夜看書。相偎相抱取歡娛，止不過造更舉，便及第待何如？

百忙裏絞甚鞋兒樣！寂寞羅幃冷串香。向前摟定可憎娘。止不過趕嫁粧，便誤了又何妨？

可謂妙絕了。正音譜評：「如鵬搏九霄，」又「風骨磊塊，詞源滂沛；若大鵬之起北溟，奮翼淩乎九霄，有一舉萬里之志，宜冠於首。」和漢卿同時的有同鄉人王鼎，字和卿，最喜諧謔。和卿死時，鼻垂雙涕一尺多長，人皆歎駭，剛剛關來弔唁，問人，有人說：「這是佛家的坐化。」問鼻下所懸物？說是「玉筋。」漢卿道：「我道你不識，不是玉筋，是嗓！」（六畜勞傷鼻中便流膿水，謂之嗓病。）聞者大笑。於是或對漢卿說：「你被和卿輕侮半世，死後纔還得一籌！」可見和卿平日滑稽佻達的程度了。在中統初，燕市有一大蝴蝶，或以為仙蝶，請他作曲，遂拈醉中天一支：

> 掙破莊周夢，兩翅駕東風。三百處名園一采一個空，難道風流種，諕殺尋芳蜜蜂，輕輕的飛動，賣花人搧過橋東。

還有些文士所不屑道的題目，而和卿為之詞，如有妓於浴房中被打，對他訴苦，他便作撥不斷道：「假胡伶，騁聰明，你本待洗腌臢，倒惹不得乾淨，精尻上勻排七道青，扇圈大膏藥剛糊定，早難道假裝無病！」這是多麼詼諧的話。說起張可久，他纔是唯一的散曲家。可久字小山，有人說他名伯遠，又有人說仲遠是他的字。慶元人，他的曲集有吳鹽，蘇堤漁唱，小山小令，北曲聯樂府等一共八種刊本。以任氏新輯爲最完善（此書在散曲叢刊中中華出版）共四十二調，七百五十八首。正音譜評云「如瑤天笙鶴，」又「其詞淸而且麗，華而不豔，有不喫烟火氣，眞可謂不羈之材矣。若被太華仙風，招蓬萊之海月，誠詞林宗匠也。當以方九皋之眼相包」李開先稱他爲詞中仙才，王驥德說：「喬多凡語，似又不如小山更勝也。徐陽初三家村老委談「北詞馬東籬張小山自應冠首。」可見小山在曲中占應的地位了。無怪錢大昕元史藝文志裏說張小山等包羅天地。張宗棣也說：「孰謂張小山不如晏小山耶？」沈德符說：「惟馬東籬百歲光陰，張小山長天落彩霞，爲一時絕唱。」但李開先評鶯穿殘楊柳枝云「小山此曲，古今絕唱。世獨重馬東籬夜行船，人生有幸不幸耳。」這套的確如李開先的話：「韻穩而字不重，句高而情更款，通首全對尤難。」現在引錄如次：

〔南呂一枝花〕鶯穿殘楊柳枝，蟲蠹損薔薇刺，蝶攧乾芍藥粉，蜂蹬斷海棠枝；怕近花時，白日傷心事。淸宵有夢思，間阻了洛浦神仙，沒亂煞蘇州刺史。〔梁州第七〕俏情緣別來久矣，巧魂靈夢寢求之。一春多少探芳使。著情疼熱，痛口嗟咨，往來迢遞，終始參差；一箇兒寫就情詞，三般兒寄與嬌姿。麝臍薰五花瓣翠羽香鈿，貓眼嵌雙轉軸烏金戒指。獺髓調百合香紫膩胭脂；念茲在茲，愁和淚須傳示。更囑付兩三次，訴不盡心間無限思，倒羞了燕子鶯兒。〔尾聲〕無心學寫鍾王字，遣興閒觀李杜詩，風月關情隨人志。酒不到半卮，飯不到半匙，瘦損了青春少年子！

與馬東籬比較起來，馬詞蒼古而張詞淸勁，小山的曲可以說已成形的曲體底正宗，完全是整齊的美。他的小令也是如此的。如〔醉太平〕感懷：

人皆嫌命窮，誰不見錢親。水晶丸入麵糊盆，纔沾粘便滾。文章糊了盛錢囤，門庭改作迷魂陣，淸廉貶入睡餛飩；葫蘆提倒穩。

與張並稱的是喬吉，字夢符，或作吉甫，太原人。號笙鶴翁，又號惺惺道人。美容儀，能詞章，以威嚴自飭，人多敬畏他。居在杭州太乙宮前，有題西湖梧葉兒百篇，流落四十年江湖，想把他刊印出來，始終沒有成功。我常說：「元曲的中心是杭州，明曲的中心是南京。」這時候的西湖，常被曲人的讚頌。張小山的蘇堤漁唱，喬夢符的題西湖梧葉兒，是同時最著的。正音譜評喬詞：「如神鰲鼓浪，若天吳跨神鼇，噀沫於大洋，波濤洶湧，截斷中流之勢。」夢符又論作曲之法：「曰鳳頭，猪肚，豹尾六字。大概起要美麗，中要浩蕩，結要響亮。尤貴在首尾貫穿，意思清新。」李開先以張喬比如唐詩中的李杜，而王驥德說：「喬張蓋長吉義山之流。」我以爲拿詞來比喻：小山是溫飛卿，而夢符是韋端已，小山詞的色彩濃，夢符較淡；夢符風趣活躍，小山較嚴。（可參看拙著喬張研究）姑舉幾首小令以見他的作風。

幷刀翦龍鬚爲本，玉絲穿龜背成文，襟袖清涼不染塵。汗香晴帶雨，肩瘦冷搜雲，是玲瓏剔透人。

——詠竹枕賣花聲

細研片腦梅花粉，新剝珍珠荳蔻仁；依方修合鳳團春。醉魂清爽，舌尖香嫩，這孩兒那些風韻。

——詠香茶賣花聲

鶯鶯燕燕春春，花花柳柳眞眞，事事風風韻韻。嬌嬌嫩嫩，停停當當人人。

——天淨紗疊字體

清俊秀麗，讀起來滿口生香，不能自已呢。到明朝像梁伯龍那般人以詞法入曲，其實不過喬張的餘緒而已。吾友任二北，盛稱喬張而不滿意伯龍，我便做了一首小詩：「二北詞人如是說：喬張小令奪天工。盧生一事癡於汝，我愛江東梁伯龍。」此話下章再說。此處還有酸甜樂府的作者必須論及。酸齋，畏吾人，是阿里海涯之孫，父名貫只哥，所以他就姓了貫。自名小雲石海涯。甜齋姓徐名飴，又一說名再思，字德可，嘉興人。又有人說是揚州人。在當時以什麼齋做別號的，非常之多；而酸甜齊名。正音譜評「酸齋如天馬脫羈，甜齋如桂林秋月。」兩人的作風相異處約略可知了。這時候阿里西瑛，也是一個曲人。自己新築別業，名

「懶雲窩。」一作殿前歡：「懶雲窩，醒時詩酒醉時歌。瑤琴不理拋書臥，無夢南柯，得清閒儘快活。日月似攛梭過，富貴比花開落，青春去也，不樂如何？」酸齋和道：「懶雲窩，陽台誰送與姮娥？蟾光一任來穿破，遁迹由他，蔽一天星斗多。分半榻蒲團坐，儘萬里鵬程挫，向烟霞笑傲，任世事蹉跎！」又「懶雲窩，雲窩客至欲如何？懶雲窩裏和雲臥，打會磨陀，想人生待怎麽？貴比我爭些大，富比我爭些個，呵呵笑我，我笑呵呵。」又「懶雲窩，懶雲窩裏客來多，客來時伴我閒些個，酒灶茶鍋，且停杯聽我歌。醒時節披衣坐，醉後也和衣臥，興來時玉簫綠綺，問甚麽天籟雲和？」他的曲境是這樣的超卓。並且他很善於武事，在十二三歲時，叫健兒驅三惡馬疾馳；他持槊等着，馬到便騰身上去，越一跨三，連槊生風，見者驚服。後來在仁宗朝，拜翰林學士。忽然厭倦起來，嘆道：「辭尊居卑，昔賢所尚，」於是換了冠服，變易姓名到杭州去賣藥。有一次過梁山濼，看見有個漁父，織蘆花爲被。酸齋愛其清，想以紬和他交換，漁父說：你要被，當作一詩。他賦詩即成，取被逕去，後來便自號蘆花道人。西湖也是他每日流連的地方，那一套中呂粉蝶兒描不上小屏輕羅，就是當時得意之作。（這套在曲選中常見，北宮詞紀裏就有。）又在立春的一天，大家宴會，座上客請作清江引一支，並限每句第一字用金木水火土，而且各用春字，酸齋於是如制的題道：

金釵影搖春燕斜，木杪生春葉，水塘春始波，火候春初熱，土牛兒載將春去也。

大家都笑了起來。他有二妾，一名洞花，一名幽草。臨終作辭世詩：「洞花幽草結良緣，被我瞞他四十年，今日不留生死相，海天秋月一般圓。」張小山把他改成曲子道：「君王曾賜瓊林宴，三斗始朝天，文章懶入編修院。紅錦箋，白紵篇，黃柑傳；學會神仙，參透詩禪。厭塵囂，絕名利，逸林泉；天台洞口，地肺山前，學煉丹，同貨墨，共談玄；興飄然，酒家眠。洞花幽草結良緣，被我瞞他四十年，海天秋月一般圓。」此曲可作貫酸齋一生的小傳了。甜齋的曲，如折桂令二支，可稱絕唱：

荊山一片玲瓏，分付馮夷，捧出波中。白羽香寒，瓊衣露重，粉面冰融。知造化私加密寵，

爲風流洗盡嬌紅，月對芙蓉人在簾櫳，太華朝雲，太液秋風。——贈伎玉蓮

平生不會相思，才會相思，便害相思。身似浮雲，心如飛絮，氣若遊絲。空一縷餘香在此，盼千金游子何之。證候來時，正是何時？燈半昏時，月半明時。——春情

刻骨鏤心，直開劇曲中湯玉茗一派。又水仙子詠夜雨：

一聲梧葉一聲秋，一點芭蕉一點愁，三更歸夢三更後。落燈花棋未收，嘆新豐孤館人留。枕上十年事，江南二老憂，都在心頭。

這是多麼俊逸的文章。他的兒子善長，也能繼家聲，不過不如甜齋如此情致。同時以齋名自號如楊朝英，也是名家。他所選的陽春白雪，太平樂府，是散曲的寶筏。曾請酸齋作序，貫道：「我酸則子當澹矣，」於是他便號澹齋。正音譜評楊詞「如碧海珊瑚。」還有楊立齋，他的名里不可考了。周德淸字挺齋，高安人，所著中原音韻，是曲韻中的開山，自他纔把平韻分作陰陽。後來明代范善臻中州全韻分去聲，王鵕音韻輯要，周少霞中州全韻分上聲，都是從他發軔的。他的詞

所謂「玉笛橫秋,」如我下面所引的朝天子廬山便是佳作

早霞,晚霞,妝點廬山畫。仙翁何處鍊丹砂?一縷白雲下。客去齋餘,人來茶罷,嘆浮生指落花,楚家,漢家,做了漁樵話。

鍾嗣成字繼先,號醜齋,汴人。他的錄鬼簿,是曲人的傳紀,分上下二卷。上卷記前輩,所謂已死之鬼。下卷記並世的人,所謂未死之鬼。每人並以凌波曲一支弔之。正音譜評鍾詞如「騰空寶氣。」實則他的詞頗多惆悵低徊之情。所作自序醜齋一套,非常詼諧。(近有任二北輯本,商務古活字本。)茲擇梁州一支爲證:

只爲外貌兒不中抬舉,因此內才兒不得便宜。半生未得文章力,空自胸藏錦繡,口吐珠璣。爭奈灰容土貌,缺齒重頦,更兼著細眼單眉,人中短髭鬢稀稀。那裏取陳平般冠玉精神,何晏般風流面皮。潘安般俊俏容儀,自知,就裏,清晨倦把青鸞對,恨殺爺娘不爭氣。有一日黃榜招收醜陋的,准奪高魁。

可謂滑稽之至了。疎齋，姓盧名摯，字處道，涿郡人。在元初能文章者曰姚盧，姚燧字牧庵，盧就是指疎齋，論曲尤以他爲首。當時有官伎珠簾秀，疎齋送別辭：

纔歡悅，早間別，痛殺俺好難割捨。畫船兒載將春去也，空留下半江明月。

這是一支落梅風，婉約可誦。珠簾秀也作一支相答：「山無數，烟萬縷，憔悴殺玉堂人物。倚蓬窗一身兒活受苦，恨不得隨大江東去。」疎齋所作，大都小令。（有我的輯本）姚牧庵凭闌人寄征衣一支，極膾炙人口：「欲寄君衣君不還，不寄君衣君又寒；寄與不寄間，妾身千萬難。」劉逋齋名致字時中，寧鄉人。所作水仙子西湖四時漁歌，每首以西施二字爲絕句，頗著盛名。徐容齋名琰，字子方，東平人。薛復齋名德潤，杭州人。曹以齋名鑑，字克明，宛平人。馬謙齋名九皋，畏吾人。吳克齋名仁卿，字弘道，蒲陰人。（有金縷新聲，已失傳）郝新齋名天挺，字繼先，陵川人。這就是我所謂「元十四齋」（甜，酸，醜，疎，澹，挺，復，克，逋，謙，容，以，新，立。）滕斌字玉霄，睢陽人，也是專作散曲，不爲戲劇的。正音譜評「如碧漢閒雲。」鄧玉賓，正音譜評「如幽谷芳蘭。」劉庭信俗呼為黑劉五，正音譜評，「如摩雲老鶻」周文質字仲彬，建德人。正音譜評「如平原孤隼。」朱庭玉，正音譜評「如百卉爭放。」還有孟西村，名志，盱眙人。也以散曲著，頗近小山。汪元亨字雲林，所著小隱餘音，張蒼浩字希孟，所著雲莊休居閒適小樂府，皆有足取。（兩書有新輯本，見散曲集叢。）顧均澤，名德潤，松江人，有九山樂府。曾瑞字褐夫，大興人，有詩酒餘音。在元曲中也都算得第二流的作者。褐夫春思一套頗佳，現在錄在此處：

〔南呂一枝花〕春風眼底思，夜月心間事；玉簫鸞鳳曲，金縷鷓鴣詞。燕子鶯兒，殢殺尋芳使；合歡連理枝，我為你盼望著楚雨湘雲，擔閣了朝經暮史。〔梁州第七〕你為我堆寶髻羞盤鳳翅，淡朱唇懶注胭脂；東君有意偷窺視，翠鸞尋夢，彩扇題詩；花箋寫怨，錦字傳詞。包藏着無限相思，思量殺可意人兒。幾時得靠紗窗偷轉秋波，幾時得整雲鬟輕舒玉指，幾時得倚東風笑撚花枝。新婚燕爾，到如今拋閃人的獨自！你那點志誠心有誰似？休把那海誓山盟作戲詞，相會何時！〔尾聲〕斷腸詞寫就龍蛇字，疊做個同心方勝兒。百拜嬌姿謹傳示，問別了許時，這闕心話兒盡在這殢雨尤雲半張紙。

又王元鼎曲名很大的，這時有歌兒郭氏順時秀者，是劉時中所賞識的，與元鼎交誼甚密。偶有病想吃馬版腸。元鼎於是殺他所騎的五花馬，剖腹取腸一時都下傳做佳話。阿魯溫正官中書參政，也頗屬意於郭，有次問她：「我與王元鼎何如？」對道「參政，宰相也。元鼎，才人也。燮理陰陽，致君澤民，則學士（卽元鼎）不及參政，嘲風弄月，惜玉憐香，則參政不如學士。」可見她心中於他是如何的戀著了。嘗有折桂令詠桃花馬云：

問劉郎驥控亭槐，覺紅雨蕭蕭，亂落蒼苔。溪上籠歸，橋邊洗罷，洞口牽來，搖玉轡春風滿街，摘金鞍流水天台。錦繡毛胎，蹴過玄都，千樹齊開。

更有一件很足爲怪的事，其人卽號怪怪道人，姓馮名子振字海粟。當時有白无咎作鸚鵡曲一支：「儂家鸚鵡洲邊住，是個不識字漁父。浪花中一葉扁舟，睡煞江南烟雨。（幺篇）覺來時滿眼青山，抖擻綠簑歸去。算從前錯怨天公，甚也有安排我處。」一傳遍旗亭，海粟爲之續了百餘首完全步韻，是曲中聯篇之最富者。（全詞在太平樂府中可見。）雖有警語，但不免有些拼湊。費無限力氣替他人作續貂的狗尾，又何苦呢！在無大名的曲人，有時倒還有絕妙的曲作，如臨川陳克明美人八詠，無怪周挺齋爲他擊節嘆賞。調是一半兒：

梨花雲繞錦香亭，蝴蝶春融軟玉屏，花外鳥啼三兩聲，夢初驚，一半兒昏迷一半兒醒。

——春夢

瑣窗人靜日初曛，寶鼎香銷火尚溫，斜倚繡牀深閉門。眼昏昏，一半兒微開一半兒盹。

——春困

自將楊柳品題人，笑撚花枝比較春，輸與海棠三四分。再偷勻，一半兒胭脂一半兒粉。

——春妝

厭聽野鵲語雕簷，怕見楊花撲繡簾，拈起繡針還倒拈。兩眉尖，一半兒微舒一半兒斂。

——春愁

海棠紅暈潤初妍，楊柳纖腰舞自偏，笑倚玉奴嬌欲眠。粉郎前，一半兒支吾一半兒軟。——春醉

綠窗時有唾茸黏，銀甲頻將綵線撏，繡到鳳凰心自嫌。按春纖，一半兒端詳一半兒掩。——春繡

柳綿撲檻晚風輕，花影橫窗淡月明，翠被麝蘭熏夢醒。最關情，一半兒溫馨一半兒冷。——春夜

自調花露染霜毫，一種春心無處描，欲寫素心三四遭。絮叨叨，一半兒連真一半兒草。——春情

寫女子心理，可算得細膩之至了。任昱字則明，四明人所作曲也不少，頗有可誦之句。樂府羣玉中選錄甚多。如寨兒令，折桂令。

錦繫屏，鏡涵冰，濃脂淡粉如故情。酒量長鯨，歌韻雛鶯，醉眼看丹青。養花天雲淡風輕，勝桃源水秀山明，賦詩題下竺，攜友過西泠，撐船向柳邊行。——寨兒令

盼春來又見春歸，彈指光陰，回首芳菲；楊柳陰濃，章臺路遠，淡水煙迷，綵箋誰行達局？錦書不寄烏衣，寂寞羅幃，愁上心頭，人在天涯。

——折桂令

吳本世字中立，杭州人，有本道齋樂府小藁。錢霖字子雲，松江人，有醉邊餘興。

夢回晝長簾半卷，門掩荼蘼院，蛛絲掛柳綿，燕嘴粘花片，啼鶯一聲春去遠。

高歌一壺新釀酒，睡足蜂衙後，雲深鶴夢寒，石老松花瘦，不如五株門外柳。

春歸牡丹花下土，唱徹鶯啼序，戴勝雨餘桑，謝豹煙中樹，人困晝長深院宇。

恩深已隨紈扇歇，攢到愁時節，梧桐一葉秋，砧杵千家月，多的是幾聲兒簷外鐵。

這四支清江引就是醉邊餘興中的好曲子。高克禮，曹明善，間有佳作。至於「南北合套」始自沈和，後來曲中合套是尋常的辦法，然而追溯其源不能不說他的。

總共元代的曲人，據正音譜所載，有一百八十七家。（原書八十二家有評，一百五家無評。）其中大半是努力戲劇的，在散曲上稍有述造者，本章都約略說過了。

問題

一 張小山何以稱爲元代唯一的散曲家？

二 四大家在散曲上的貢獻何如？

三 試述喬夢符與張小山的作風不同處。

四 「十四齋」以那一家爲最重要？試論斷之。

五 如以西湖爲中心，曲人之流連與曲品之題製，其影響於元代文學者奚似？

六 「曲韻」之創作，與「曲人傳記」之刋布，其價值若何？

參考書

吳梅：顧曲麈談（商務）

盧前：散曲史（藁本）

任訥 盧前：散曲集叢（商務）

第八章 幾個重要的曲家(下)

元代曲家那麼多，使我們不得很有系統的敍述出來：但自明以來，曲家人數固然不如元之多，而散處四方，接踵而起，也很難理出頭緒。大概可以崑曲之創製，爲一溝界，在崑曲前北詞風氣之盛，以視元代有過無不及。曲的體製，沒有改變，不像崑曲以後的作者，行文既求整齊，又爲附合音律的關係，失了自然的趣味。現在還是從明初講起。明初有所謂十六家，如：王子一，劉東生，谷子敬，湯式，楊景言，賈仲名，楊文奎，楊彥華，藍楚芳，穆仲義，李唐賓，蘇復之，王文昌，陳克明，夏均政，唐以初；大部分還是就劇曲而言，如陳克明在前章談元末的曲子時已說過，而這兒所須特別論列的，就是湯式。式字舜民，號菊莊，四明人。正音譜評謂「如錦屛春風，」著有菊莊樂府。（有新輯本，見散曲集叢。）試舉送王姬往錢唐一套：

〔雙調新水令〕十年無夢到京師，臥書窗坦然如是。幾償沽酒債，不惜買花貲。今日個折柳題詩，又感起少年事。〔駐馬聽〕槁木容姿，對花月羞斟鸚鵡卮，扭宮商强作鷓鴣詞，我道是碧梧棲老鳳凰枝，他道是雕龍鎖定鴛鴦翅；急煎煎撚斷吟髭，只被你紫雲娘後落殺白衣士。〔沈醉東風〕講禮教虛心兒拜辭，說艱難滿口兒嗟咨；蛾眉淺淡懸，花臉啼紅漬；向尊前留下個相思。我本是當年杜牧之，休猜做蘇州刺史。〔慶東原〕雨歇陽關至，草生南浦時；好山一路供吟覘：沈點點鶯花攙兒，穩拍拍鳩藤橋兒，矻剌剌鹿頂車兒，趲過若耶溪，趕上錢塘市。〔離亭宴帶歇指煞〕我不向風流選內求咨示；謾承望別離卷上題名字，關心爲此，閑了問花媒，荒了尋芳友，罷了追芳使；孱殘小洞天，門掩閑构肆。不是我愁紅怨紫，一紙姓名留，五字簫聲去，兩地音書至。明牽雙漸情，暗隱江淹志；你從頭鑒茲，搜錦繡九迴腸，掃雲煙半張紙。

這樣的規模，可以說未改元人的法度。在明初沒有行科舉以前，完全承繼元風；科舉既興以後，八股文，傳奇都盛，而散曲亦漸漸變了原來面目。湯式外還有生于元而名於明的，如高栻，字則成，（與琵琶記作者高則誠是兩人，）所作北詞小令很多。曾有殿前歡題小山蘇堤漁唱：

小奚奴，錦囊無日不西湖，才華壓盡香匳句，字字清殊。光生照殿珠，價等連城玉，名重長門賦；好將如意，擊碎珊瑚。

又徐畛字仲由，淳安人。自己嘗說道：「吾詩文未足品藻，惟傳奇詞曲，不多讓古人。」他雖這樣自負，所作殺狗記卻鄙陋極了。但小令有時頗好，如滿庭芳：

烏紗裹頭，淸霜林落，黃葉山邱；淵明彭澤辭官後，不事王侯，愛的是靑山舊友，喜的是綠酒新蒭；相拖逗，金尊在手，爛醉菊花秋。

王九思是比較重要的曲人。字敬夫，號渼陂，鄠縣人。他因爲劉瑾亂政時，得升吏部，後來瑾敗，降官而去。於是以劇曲洩其憤恨，但散曲集碧山樂府，雄放奔肆，頗有好評。如新水令「憶秋風還客來天涯，喜歸來碧山亭下，水田十數畝，茅屋兩三家，暮雨朝霞，粧點出輞川畫。」又有些像學馬東籬的。與王齊名是康海，字德涵，號對山，武功人。他爲着向劉瑾救了李獻吉，後來瑾敗，落職爲民；著東郭先生誤救中山狼雜劇，有人說便是爲獻吉而作。所爲散曲，小令套數都不少。集名沜東樂府，如春遊南山苦雨諸套，（見南北宮詞紀）頗負名望，且看春遊南山中調笑令一支：「說甚麼翠眉映金杯，爭似這握手臨歧我共伊，便有鶯鶯燕燕尊前立，怎如咱語話襟期，一任他笑殺山翁醉似泥，此境誰知！」情趣充溢。陳鐸字大聲，金陵人，官至指揮使，有一次進謁顯貴，問道：你就是通音律的陳鐸麼？對曰：然，隨即從身邊取出一笛，奏演一曲。當時傳爲「短笛隨身的指揮」。（事見周暉金陵遺事）藝苑巵言說他淺於才情，眞是不確。他的梨雲寄傲，秋碧樂府，（有我的新刊本，與二北所輯秋碧軒樂府全本。）宮商穩協，允推明曲一大家，試看下列雙調胡十八四支：

美名兒常在心，那一日恰相見。燈影下，酒筵前，臉兒微笑眼兒斜；走在我耳邊，說三言兩言，也不索央外人各自要取方便。

天生的美臉兒，所事兒又相稱。道傾國，是傾城，腰肢嬝娜步輕盈；半晌價定睛，越教人動情，模樣兒都記的，則忘了問名姓。

纔說些好話兒，烘的早臉兒變。道不本分，使閒錢，服低坐小，索從權；跪在他面前，曲膝似軟綿，所事不敢說，一千聲可憐見。

眼皮兒怕待合，好夢兒怎能彀。聽更鼓，數更籌，青鸞無信入紅樓；新月兒半鉤，印紗窗上頭，沉沉梅影兒，彷彿似玉人瘦。

覰元人無愧色。又金鑾字在衡，號白嶼，金陵人。何元朗說：「南都自徐髯仙後，惟金在衡最爲知音。」的確，他寫風情固不亞大聲，所以王元美批評他「白嶼諸作頗是當家，爲北里所賞。」他的蕭爽齋樂府，（汪廷訥四詞宗合刊之一，近有武進董氏翻刻本）也是曲中的寶物。北詞如水仙子廣陵夜泊，渾厚樸質之至。

城邊燈火幾家樓，江上風波一葉舟，月中簫鼓三更後。聽誰家猶喚酒，正煙花二月揚州，人已去，錦窗鴛甃，物猶存，青蒲細柳。怨難平，舞態歌喉。

海棠陰輕閃過鳳頭釵，沒人處款款行來。好風兒不住的吹羅帶，猜也麼猜，待說口難開，待動手難擡；淚點兒和衣搵搵的揩！

這是河西六娘子閨情中之一，可謂寫情能品。南詞亦不惡，如一封書閒適：

青溪畔小堂，四壁雖空書滿床。碧岩下小窗，半世雖貧酒滿缸。好山有意當當戶，明月多情遠過牆；伴詩狂，與酒狂，睡向西風枕簟香。

青溪畔小園，任荒蕪種幾年。黃庭畔小牋，任生疎寫半篇。分來紅藥春前好，摘去青葵雨後鮮；又不顛，又不仙，拾得榆錢當酒錢。

這種悠淡處，又是他特殊的作風。當時南京是曲的淵藪，一般曲人流連竟日，陳金因是兩大先導，繼起者如陳所聞，史廷直，陳全……可算得雲起霞蔚了。就中尤以所聞爲最。所聞字藎卿，他的濠上齋樂府，（我的輯本見散曲集叢。）雖不是重要的創作，但所輯南北宮詞紀元明曲品被他保存了不少。章邱李開先字伯華，號中麓，也是嗜曲者，所藏至富，自稱「詞山曲海。」王元美曲藻說：「北人

（天）

自康王後，推山東李伯華。伯華以百闋傍妝臺爲對山所賞；今其詞尙存，不足道也，」不過他又自許馬東籬張小山無以過呢，論這當兒曲家，楊愼夫婦是非常偉大的，愼號用修字升庵，新都人。所著陶情樂府正續，（任二北校刊，見散曲集叢。）膾炙人口；其中佳句，如「費長房縮不盡相思地，女媧氏補不完離恨天。」「別淚銅壺共滴，愁腸蘭燄同煎；和愁和恨，經歲經年。」「傲霜雪鏡中紫髯，任光陰眼前赤電，仗平安頭上青天」讀之可味。他的夫人黃氏，在曲中的地位，如詞中之李淸照，爲曲史中放一異彩。升庵曾爲議禮事，謫戍雲南。她寄羅江怨四支，令人讀了酸鼻。

空亭月影斜，東方既白，金雞驚散枕邊蝶。長亭十里唱陽關也，相思相見，相見何年月？
淚流襟上血，愁穿心上結，鴛鴦被冷雕鞍熱！
黃昏畫角歇，南樓雁疾，遲遲更漏初長夜。愁聽積雪溜松稠也，紙窗不定，不定如風射。
牆頭月又斜，牀頭燈又滅，紅爐火冷心頭熱！

關山望轉賒，征途倦歷，愁人莫與愁人說。遙瞻天闕望雙環也，丹青難把，難把衷腸寫。

炎方風景別，京華音信絕，世情休問涼和熱！

青山隱隱遮，行人去急，羊腸鳥道馬蹄怯，鱗鴻不至空相憶也，惱人正是，正是寒冬節。

長空孤鳥滅，平蕪遠樹接，倚樓人冷闌干熱！

此外如高郵王磐的西樓樂府，常倫的鶯情集，王驥德的方諸館樂府，亦間有佳作。在吳中工南詞的，祝枝山字希哲，唐寅字子畏號伯虎，鄭若庸字中伯號虛舟，南宮詞紀內選錄不少。（唐子畏的六如居士曲在散曲集叢中有。）崑山梁辰魚字伯龍，是這時名望最大的。與太倉魏良輔商訂曲律，詞成即製譜，吳梅村詩所說：「里人度曲魏良輔，高士塡詞梁伯龍。」伯龍的散曲集名江東白苧，（近有曲苑石印本。）頗多情語；因此傾倒他的人很多。王元美有詩道：「吳閶白面冶游兒，爭唱梁郎絕妙詞。」不過他爲北詞有時很可笑的，有一次在一位鹽尹宴席上，觀演他自己所作的戲劇浣紗記。遇一佳句，鹽尹敬酒一杯，喝了不少的酒，歌到打圍，那一支北朝天子中忽有「擺開擺開擺擺開」的句子。鹽尹道：「此惡語也！」於是用汙水一杯，强灌伯龍口中去。他又好改古人作，頗有人譏評他。不過淸詞艷曲，整美的文章却是他的特色。（我說梁受小山影響見前。）如沈仕的唾窗絨（有任氏輯本。）施紹莘的花影集，都與此成一派別。唾窗絨是「靑門體」的創始，花影集也除了言情無好曲子，這可說是曲中寫情的一路。馮惟敏的海浮山堂詞稿便不相同了，惟敏字汝行，臨朐人，他於南詞流行的時候，獨工北詞。王元美說他「板眼務頭，攛搶緊緩，無不曲盡，而才氣亦足以發之；祇恨用本色太多，北音太繁，爲白璧微類耳。然其妙處固不可及也。」其實他的南詞也很好。

「紅粉多薄命，青春半殘景，人去瑤亭，怨花落胭脂冷。裊娜腰圍，强把繡裙整，弓鞋淺印，淺印殘紅徑。三月韶光，背闌干無限情。情離別幾曾經？再相逢，扯住衣衫，影兒般不離形。」又「玉宇明河浸，瓊窗朔風凜；展轉蝴蝶夢，寂寞鴛鴦錦。閣淚汪汪，長夜捱孤

枕。從來不似，不似今番甚。一片閑愁生砣查惱碎心。心，害得死臨侵！欲待要再不思量，

急煎煎怎樣禁？」

這兩支月兒高犯遠出李中麓傍粧臺之上了著南曲譜的吳江沈璟，是萬曆間曲的領導，璟字伯英號寧庵，世稱詞隱先生。他主張寧協律而詞不工；讀之不成句，而謳之始協者可見他最持曲律的，有題情一套，是寧庵樂府壓卷之作。

〔四季花〕秋雨過空墀，正人初靜更初轉，漸覺淒其。人兒多應傍著珊枕底，剛剛等咱纔睡時，覺相將投夢思。若伊無意誰教夢迷！多情又恐相見稀，抵死恨著伊，恰又添縈繫。更憐你笑你愁你想你寃你！〔貓兒墜〕浮萍心性，只得強禁持。任你風波千丈起，到頭心性沒挪移。猜疑，又怕潑水難收，紘斷難醫。〔尾〕過犯多，權休罪；且幸得回嗔作喜，把今夜盟香要燒到底！

——據文梓堂原刊，此套如是。

他的姪子自晉有鞠通樂府。（最近有家刊本。）沈氏一門之盛，我們翻出南詞任何譜來，都可以看得出。崇禎時，吳縣人馮夢龍字子猶，（一作猶龍）也

有不少曲子，近來大家愛讀的小曲樹枝兒，就是出他的手。劉效祖的詞臠(有石印本)也有一些小曲，但他的曲子模寫社會各種狀況，頗有可採。還有張瘦郎的步雪初聲(此集間有鈔本，我最近將刊布)雖小小的册子，在明曲中並非下品。

以下將談清曲。清曲是從來沒有人論過。今日說到清人散曲集的收藏，一般朋友都不大注意，就我所知，在此處只好略一敍述。吳江毛瑩字湛光晚號大休老人，是明朝的遺民。他的晚宜樓集詞曲兩卷，跋中自稱好而不精，可謂有自知之明；的確繩之以律，不能無出入的。仁和沈謙字去矜，東江別集散曲極富，分北曲小令，套數，南曲小令，套數四卷。姑舉南北小令各一於下：

〔北醉高歌〕到跟前數黑論黃，背地裏眠思夢想。俺病得來全不成模樣，不信呵，多情再訪。——私寄

〔南黃鶯兒〕臨鏡强寒溫，怪鸚哥鬼混人，晚粧簾底東風緊。一回待嗔，一回又顰，畫欄

斜嚲頭兒暈，豈傷春？寬衣緩帶，不稱小腰身。——春恨

雖不能邁乎前人，尚清婉可誦。朱彝尊的葉兒樂府，厲鶚的樊榭山房集南北曲，頗多佳搆。（這兩種在清曲中最易得的，散曲叢刊中有。）吳錫麒有正味齋集，南北曲長套尤繁，如喜洪北江歸等篇終嫌夾雜。尤侗的百末詞餘，滑稽之作不少，但全集平淡之中饒有情致。如駐雲飛十空曲本「黃冠體」然其中亦有可誦的。

豎子英雄，觸鬥蠻爭蝸角中，一飯丘山重，睚眦刀兵痛。嗏，世路石尤風，移山何用！飄瓦虛舟，不礙松風夢；君看爾我恩讎總是空。

至於什麼美人乳，滿粧美人，不免有傷大雅。戲懼內者雖形刻薄，却是元曲諧謔之遺。全集附湯傳楹秋夜懶畫眉一套，雖只此一套，如江兒水倒是新穎可喜的曲子：「熱搵珍珠性，低呼小玉名，香魂一縷香初定，花身一捻花還隱，鶯喉一轉鶯難佞；月下端詳小咏，澁澁閑行，手勒芭蕉持贈。」蔣士銓的忠雅堂集南

北曲僅寥寥十二題，遠不如他在戲劇上的成就。並且詞文直率，沒有生氣。大概這些人在刻集時，補此一體。而平時又往往以此贈別題圖，於是曲的精神幾乎散失了。沈清瑞的櫻桃花下銀簫譜（見沈氏羣峯集），石韞玉的花韻庵南北曲稍好一些。不過銀簫譜完全套數，花韻庵倘有幾支小令，如金絡索訪杜子美草堂舊迹：

林花著雨濃，茅屋臨溪竦。亂石成蹊，迸裂蒼苔縫。初疑是梵宮，訪幽蹤，原來杜老當年住此中。想當日門前小隊來嚴武，座上圓蒲款已公。眞尊重，高天厚地一詩翁，竹影遙峯，花颺微風，都觸我尋詩夢。

在這兩位蘇州人外，又有一位秦雲的花間牘譜。雲字膚雨，又號西脊山人。也盡是大套，如梧桐樹翁仲歎也還可看。我在牘譜外，曾發見他嬾畫眉題顧爲明鏡圓一套，我最愛他江兒水一支「願化青鸞鏡，妝臺暮復朝，把翠眉兒照見春山埽，絳脣兒照見櫻桃小，綠鬢兒照見花枝裊，照見低顰淺笑，杏臉桃腮，貪把傾城看飽。」至於范湖草堂完全以曲題畫，那是無聊之至的，這一類不必敍及。謝元淮的養默山房散套，全用舊譜，而曲中頗括時事，如一枝花感懷套中貨郎兒九轉：

悔平生都只爲多言遭忌，出戎幕仍居舊職。當日個憂天蠢笑杞人癡，到後來補天還虧了媧皇力；割珠崖定策原非，阻內附維州還棄，賠香港援的是澳門舊例，聽風傳學東民勇衆志高，他呵結義社專制英夷，過年春月是進城期，恐難免爭端又起，怕只怕相逢狹路難迴避，因此上綢繆陰雨這鰓鰓計。俺已是眼睜睜見過一遭兒，試聽那號哭呻吟聲未已。

這近於以曲爲史了。和詞中蔣春霖相彷彿的。魏熙元的玉玲瓏曲存卻大都兒女之詞，或者來幾句什麼「戲場中人暮朝，夢場中潮長消，莽乾坤一個糊塗套」的達語。許寶善的自怡軒樂府，整飭有餘，但毫無活躍之趣，這終非當家之曲。幸而清人有了許光治和趙慶熹，清曲庶免記載的寂寞了。這是清曲的兩大家，所以我很謹愼的在諸家之後把他宣揚出來。光治集名江山風月譜，他序的好：「漢魏樂府降而六朝歌詞，情也。再降而三唐之詩，兩宋之詞，律也。至元曲幾謂俚音誹語矣；然張小山喬夢符散曲，猶有前人規矩。在儷辭進樂府之工，散句擷宋唐之秀，惟套曲則似倍翁俳詞，不足鼓吹風雅也。」所以他曲中時有學小山之作，如水仙子海棠。

紅綿繡鳳撲華鉛，紅錦回鸞散舞錢，紅絲顫雀翹妝鈿；過淸明百六天，畫牆低何處秋千？宿粉暈流霞炫，明妝洗垂露鮮；是花中第一神仙。

櫪頭船，劃開雙槳鏡中煙，船脣弄水瓊珠濺。櫂轉渦旋，望天光四岸懸，看地勢孤城轉，指人影中流見。湖山圖畫，雲水因緣。

——雙調殿前歡湖上

有時寫農家時序，非常自然。如中呂滿庭芳裏有一支就是。

綠陰野港，黃雲隴畝，紅雨村莊。東風歸去春無恙，未了蠶忙。連日提籠採桑，幾時荷鍤栽秧；連枷響，田塍夕陽，打豆好時光。

有時較明人轉勝了。趙慶熹字秋舲，仁和人。集名香消酒醒曲。小令套數，並皆超絕。如駐雲飛沈醉一支，無一虛語，的是名雋的曲子，讀後令人有很深的印象。

等得還家，澹月剛剛上碧紗，親手遞杯茶，軟語呼名罵。他只自眼昏花，脚蹤兒亂躧，問著些兒半晌無回話，偏生要靠住儂身似柳斜。

活活一個醉人在我們眼中也。楊恩壽在詞餘叢話中說在吳幼樵塵夢醒談，見詠月葬花寫恨，無一套不佳。僅采數語，猶有斷鳧截鴨之歎。我率性引錄於此：

〔忒忒令〕熱紅塵無人解愁，冷黃昏有儂生受，團空月亮照心兒剔透，把一個悶葫蘆，恨連環，呆思想，問誰知道否？〔沈醉東風〕悶嫦娥青天上頭，憾書生下方搔首；雲影淨，露華流，中庭似畫，鬧蟲聲新涼時候。星河一團光陰不留，銀橋碧漢，又人間盡秋。〔園林好〕想誰家珠簾玉鉤，問何人香衾錦裯；任年少虛空孤負。無賴月，是揚州；無賴客，是杭州。〔嘉慶子〕九迴腸生小多軟，就把萬種酸情徹底兜空，向西風談舊，搴杜若，採扶留，悲薄命，怨靈修。〔尹令〕廿年前胡牀抓手，十年前書齋回首，五年前華堂笑口；一樣銀河，今日無情做淚流。〔品令〕浮生自思，多恨事難酬，花天酒地，還說甚風流！參辰卯酉，做了天星宿。江湖蓆帽，三載阻風中酒；只落得下九初三，月子彎彎照女牛。〔豆葉黃〕清高玉宇，冷淡瓊樓；再休提霧鬢雲鬟，那裏是烏紗紅袖！生涯疎放，天涯漫游；博得個花朝月夕，博得個花朝月夕；消受了夢魔情魔，酒囚詩囚。〔月上海棠〕歸去休，一齊放下誰能彀？算山河現影，石火波漚！哭青天淚眼三秋，懺青春心魂一縷。蒲團叩，廣寒宮何處回頭？〔玉交枝〕癡頑生就，闖名場名勾利勾；瑤臺一陣罡風陡，吹落下魂靈滴溜，寒簧仍在月宮留，吳剛不合凡塵走；一年年新秋暮秋，一年年新愁舊愁。〔玉胞肚〕飛螢似豆，撲西風羅衫亂兜；看玉階景物淒涼，話碧霄兒女綢繆。我吹笙恰倚紅樓，只怕仙山不是緱。〔三月海棠〕銀匣初開，眞難得團圓，又問何年怎樣寶鏡飛丢？他愁，兎兒搗碎此生臼，蟾兒跳出清虛走；紅橋侶鶴馭儔，有箇人無賴把紫雲偷。〔江兒水〕自古歡須盡，從來滿必收；我初三瞧你眉兒鬥，十三窺你粧兒就，廿三覷你龐兒瘦；都在今宵前後。何況人生，怎不西風敗柳！〔川撥棹〕年華壽，但相逢盃在手。要今朝檀板金甌，要明朝檀板金甌；莽思量情魂怎收！悵良宵漏幾籌，剔銀釭夢裏求。〔尾聲〕夢中萬一鈞天奏，舞霓裳仙風雙袖；我便跨上青鸞笑不休。

——詠月

〔梧桐樹〕堆成粉黛塋，掘破胭脂井；檢塊青山，放下桃花櫬。名香爇至誠，薄酒先端整；兜起羅衫，一角泥乾淨，這收場也算是羣芳幸。〔東甌令〕更紅兒誄，碧玉銘，巧製泥金直綴旌。美人題着名和姓，描一幅離魂影，再旁邊築一個小愁城，設座落花靈。〔大聖樂〕我短鋤兒學荷劉伶，是淸狂，是薄倖；今生不合做司香令。黃土畔，叫卿卿，單只爲心腸不許隨儂硬。因此上風雨無端替你疼。一場夢醒，向衆香國裏，槃湼斯稱。〔解三醒〕收拾起風流行徑，收拾起慧眼聰明；收拾起水邊照你娉娉影，收拾起鏡裏空形，收拾起通身旖旎千般性，收拾起澈胆溫和一片情。荒墳冷，只怕你枝頭子滿，誰奠清明。〔前腔〕撇下了燕鶯孤另，撇下了蝴蝶伶仃，撇下了青衫紅淚人兒病，撇下了酒帳燈屏，撇下了蹄香馬踏黃金鐙，撇下了指冷鸞吹白玉笙。難呼應，就是那杜鵑哭煞你也無靈！〔尾聲〕向荒阡澆杯茗，替你打圓場證果成，叮囑你地下輪迴莫依然薄命。

——葬花

〔嬾畫眉〕生來從不會魂消，怎被莽情絲縛牢。天公待我忒蹊蹺，做就愁圈套，把瘦骨稜稜活打熬。〔步步嬌〕合是聰明該煩惱，恨海憑空造。把風流一担挑，八字兒安排合爲情顛倒。我何處問根苗？只的是命宮磨蝎無人曉。〔山坡羊〕冷冰冰性將人拗，好端端自將愁討。一年年越樣癡魔，一天天寫個瘋顛照。神暗銷，相思禁幾遭；我當初早是早是魂靈掉！不肯勾消，一場惱懊。無聊，溼銜香何處燒？空勞，醉笙簧何處調？〔江兒水〕白晝簾雙押，黃昏燭一條；把紙牌兒打箇鴛鴦笞，筆尖兒寫幅鴛鴦稿，夢魂兒打箇鴛鴦鳥；不許蜂囉蝶唕，怎底宵來偏是南柯潦草。〔玉交枝〕沒頭沒腦，這章書模糊亂囂，愁城築得似天高，打不進轟天情礮。心酸好似醋梅澆，眼辛卻被蘿蔔搗；要丟開心兒越撩，不丟開心兒越焦。〔園林好〕恨知音他偏寂寥，恨閒人他偏絮叨；只算些兒胡鬧。

波底月，鏡中潮；潮莫信，月難撈。〔僥僥令〕成團飛絮，攪作陣落花飄。我宛轉車輪腸寸絞，好比九曲三灣仄路抄。〔尾聲〕閒愁怎樣難離掉，除非做一個連環結子絲，向那沒情河丟下了！

——寫恨

此等曲品，置諸元明人集內也可算得佳作了。此外像凌霄的振檀集，陳棟的北涇草堂北樂府，吳綺的林蕙堂集塡詞，孔廣森的温經堂戲墨，都是很少的篇章，也不是自己經意之作。楊恩壽的詞餘叢話總算一部還好的曲話，而所作坦園詞餘，並不當行。晚清以來的曲集有顧氏勵堂樂府，陳氏等三家曲，更非當家。要以吾師吳瞿安先生的霜厓曲錄（我所編的，現在商務印行。）為曲壇生色的集子。我自己有曉風殘月曲，燈窗夜語，友人鄭振鐸先生說：「你的曲大約已是曲的尾聲了。」我就用他的話作本書的尾聲罷。

問題

一　明初曲家當以誰人為代表？

二 陳大聲與金在衡在明曲中地位何如?

三 如以南京爲中心，曲人之流連與曲品之題製，其影響於明代文學者奚似?

四 曲中女作家有何人可與詞中李易安相擬?

五 香奩曲詞的製作。是受誰的影響?

六 清代曲之所以衰微有什麼原因?

七 清代曲家有沒有能與元明作者相抗衡的?

參考書

吳梅：顧曲塵談（商務）

盧前：散曲史（成都大學講義本）

任訥：散曲概論（中華）

任訥 盧前：散曲集叢（商務）

盧前：清人散曲十七家（會文堂）

附錄　一個最低度研究詞曲底書目

（甲）總集　包含彙刻的別集與叢書

〔一〕金唐詞 附全唐詩後　〔二〕宋六十一家詞 毛晉刻有博古齋石印本　〔三〕四印齋所刻詞 王鵬運刻　〔四〕宋元名家詞 江標刻　〔五〕雙照樓刻詞 吳昌綬刻　〔六〕彊邨叢書 朱祖謀刻　〔七〕詞苑英華 毛晉刻　〔八〕詞學全書 毛先舒有石印本　〔九〕詞學叢書 秦恩復　〔十〕詞話叢鈔 王文濡　〔以上詞〕

〔一〕奢摩他室曲叢 吳梅散曲有一部分　〔二〕散曲叢刊 任訥中華出版　〔三〕散曲集叢 任訥盧前商務　〔四〕清人散曲十七家 盧前編　〔五〕讀曲叢刊 董康　〔六〕曲苑 中國書店有石印本第二次重訂本　〔以上曲〕

（乙）選集

〔一〕花間集 趙崇祚本子很多．　〔二〕尊前集 現有者疑非原書　〔三〕草堂詩餘　〔四〕

陽春白雪 趙聞禮 〔五〕花庵詞選 黃昇 〔六〕絕妙好詞 周密 厲鶚箋本 〔七〕中州樂府 元好問 〔八〕花草粹編 陳耀文 〔九〕詞統 卓人月 〔十〕草堂詩餘四集 沈雄 〔十一〕歷代詩餘 沈辰垣 〔十二〕詞綜 朱彝尊原編又王昶明詞綜及國朝詞綜黃彝清詞綜續編陶粱詞綜補暨丁紹儀詞綜補均可購置 〔十三〕詞選 張惠言原選 董毅續選 〔十四〕詞辨 周濟 〔十五〕宋四家詞選 周濟 〔十六〕宋七家詞選 戈載 〔十七〕唐五代詞選 成肇麐商務有古活字本 〔十八〕宋六十一家詞選 馮煦 〔十九〕宋詞三百首 朱祖謀 唐圭璋箋本

〔以上詞〕

〔一〕陽春白雪 楊朝英 徐積餘刊本 〔二〕太平樂府 楊朝英 四部叢刊影刊本 〔三〕樂府羣玉 散曲叢刊本 〔四〕樂府羣珠 無刊本 有鈔稿本 〔五〕樂府新聲 散曲叢刊本 〔六〕詞林摘豔 張祿 〔七〕雍熙樂府 郭勛 〔八〕南詞韻選 沈璟 〔九〕南北宮詞紀 陳所聞 〔十〕吳騷合編 張旭初 〔十一〕詞林逸響 許宇 〔十二〕太霞新奏 顧曲散人 〔十三〕曲雅 〔十四〕續曲雅 盧前 開明書店本 〔十五〕元曲三百首 任訥 民智書

局本　[十六]盪氣迴腸曲　王悠然大江書店本　[以上曲]

(丙)別集

[一]南唐二主詞　劉繼增箋本盧前補正本　[二]陽春集　馮延巳　[三]珠玉詞　晏殊　[四]小山詞　晏幾道　[五]六一詞　歐陽修　[六]安陸集　張先　[七]樂章集　柳永　[八]東坡詞　蘇軾　[九]淮海詞　秦觀　[十]片玉詞　周邦彥　[十一]東山寓聲樂府　賀鑄　[十二]稼軒詞　辛棄疾　[十三]白石詞　姜夔　[十四]梅溪詞　史達祖　[十五]夢窗詞　吳文英　[十六]蘋洲漁笛譜　周密　[十七]花外集　王沂孫　[十八]山中白雲詞　張炎　[十九]漱玉集　李清照　[二十]遺山樂府　元好問　[二十一]蛻巖詞　張翥以上各集散見各家彙刻　[二十二]飲水詞　納蘭成德唐圭璋輯本　[二十三]曝書亭詞　朱彝尊　[二十四]迦陵詞　陳維崧　[二十五]樊榭詞　厲鶚　[二十六]茗柯詞　張惠言　[二十七]水雲樓詞　蔣春霖　[二十八]半塘定稿　王鵬運　[二十九]樵風樂府　鄭叔問　[三十]蕙風

詞 況周頤 〔三十一〕蒿庵類稿詞 馮煦 〔三十二〕彊村語業 朱祖謀

〔以上詞〕

〔一〕喬夢符小令 喬吉 〔二〕小山北曲聯樂府 張可久 〔三〕酸甜樂府 貫雲石 徐再思 〔四〕小隱餘音 汪元亨 〔五〕醜齋樂府 鍾嗣成 〔六〕雲莊休居閑適小樂府 張養浩 〔七〕疎齋小令 盧摯 〔八〕詩酒餘音 顧君澤 〔九〕醉邊餘興 曾瑞 〔十〕洴東樂府 康海 〔十一〕碧山樂府 王九思 〔十二〕寫情集 常倫 〔十三〕王西樓先生樂府 王磐 〔十四〕海浮山堂詞稿 馮惟敏 〔十五〕菊莊樂府 湯式 〔十六〕六如居士曲 唐寅 〔十七〕蕭爽齋樂府 金鑾 〔十九〕秋碧樂府 陳鐸 〔二十〕梨雲寄傲 陳鐸 〔二十一〕江東白苧 梁辰魚 〔二十二〕花影集 施紹莘 〔二十三〕唾窗絨 沈仕 〔二十四〕濠上齋樂府 陳所聞 〔二十五〕方諸館樂府 王驥德 〔二十六〕詞臠 劉效祖 〔二十七〕步雪初聲 張瘦郎 〔二十八〕楊升庵夫婦散曲 楊慎 黄氏 〔二十九〕自怡軒樂府 許寶

善　〔三十〕香消酒醒曲　趙慶熹　〔三十一〕江山風月譜　許光治　〔三十二〕霜厓曲錄　吳梅　〔以上曲〕

（丁）評記

〔一〕詞源　張炎　〔二〕作詞五要　楊纘　〔三〕樂府指迷　沈義文　〔四〕碧雞漫志　王灼　〔五〕浩然齋雅談下卷　周密　〔六〕詞旨　陸輔之　〔七〕詞品　楊慎　〔八〕詞評　王世貞　〔九〕渚山堂詞話　陳霆　〔十〕古今詞話　沈雄　〔十一〕柳塘詞話　沈雄　〔十二〕歷代詞話　沈辰垣　〔十三〕歷代詞人姓氏錄　沈辰垣　〔十四〕詞衷　鄒祇謨　〔十五〕花草蒙拾　王士禎　〔十六〕詞筌　賀裳　〔十七〕詞繹　劉體仁　〔十八〕詞苑叢談　徐釚　〔十九〕詞林紀事　張宗橚　〔二十〕西河詞話　毛奇齡　〔二十一〕窺詞管見　李漁　〔二十二〕詞名集解　汪汲　〔二十三〕詞麈　方成培　〔二十四〕詞曲概論　劉熙載　〔二十五〕樂府餘論　宋翔鳳　〔二十六〕詞選　孫麟趾　〔二十七〕塡詞淺說　謝元淮　〔二十八〕論詞雜著

周濟〔二十九〕詞學集成　江順詒〔三十〕靈芬館詞話　郭麐〔三十一〕蓮子居詞話　吳衡照〔三十二〕初白庵詞評　許昂霄〔三十三〕芬陀利室詞話　蔣敦復〔三十四〕爰園詞話　俞彥〔三十五〕賭棋山莊詞話　謝章鋌〔三十六〕聽秋聲館詞話　丁紹儀〔三十七〕白雨齋詞話　陳廷焯〔三十八〕詞源斠律　鄭文焯〔三十九〕人間詞話　王國維〔四十〕宋大曲考　王國維〔四十一〕蕙風詞話　況周頤〔四十二〕詞史　劉毓盤〔以上詞〕

〔一〕錄鬼簿　鍾嗣成〔二〕唱論　芝庵〔三〕南詞敍錄　徐渭〔四〕曲律　魏良輔〔五〕曲律　王驥德〔六〕曲藻　王世貞〔七〕曲論　何良俊　徐復祚〔八〕度曲須知　沈寵綏〔九〕絃索辨訛　沈寵綏〔十〕製曲枝語　黃周星〔十一〕顧曲雜言　沈德符〔十二〕衡曲麈談　騷隱居士〔十三〕曲品　呂天成〔十四〕韻白　王先舒〔十五〕雨村曲話　李調元〔十六〕藤花亭曲話　梁廷枏〔十七〕北涇草堂論曲　陳棟〔十八〕詞餘叢話　楊恩壽〔十九〕樂府傳聲　徐大椿〔

〔二十〕曲錄　王國維（有任氏唐氏補正本）　〔二十一〕錄曲餘談　王國維　〔二十二〕顧曲塵談　吳梅　〔二十三〕霜厓曲話　吳梅　〔二十四〕曲海一勺　姚華　〔二十五〕菉猗室曲話　姚華　〔二十六〕曲律易知　許之衡　〔二十七〕螾廬曲談　王季烈　〔二十八〕曲諧　任訥　〔二十九〕散曲概論　任訥　〔三十〕散曲史　盧前

〔以上曲〕

（戊）譜

〔一〕欽定詞譜　王奕清　〔二〕詞律　萬樹　〔三〕白香詞譜　舒夢蘭　〔四〕自怡軒詞譜　許寶善　〔五〕碎金詞譜　謝元淮

〔以上詞〕

〔一〕太和正音譜　朱權　〔二〕南曲譜　沈璟　〔三〕南詞新譜　沈自晉　〔四〕北詞廣正譜　李玉　〔五〕南詞定律　呂士雄　〔六〕南北九宮大成譜　周祥鈺　〔七〕欽定曲譜　王奕清　〔八〕納書楹曲譜　葉堂　〔九〕集成曲譜　王季烈　劉富樑

〔以上曲〕

（己）韻

〔一〕詞林正韻 戈載

〔以上詞〕

〔一〕中原音韻 周德清

〔二〕中州全韻 范善椿

〔三〕韻學驪珠 沈乘麐

〔以上曲〕

名詞索引

（以筆畫多少爲次序）

二一〇

詞曲研究終

圖書雜誌審委會審查證審字第一一〇號

中華百科叢書 詞曲研究（全一冊）

◎ 定價銀七角
（外埠另加郵匯費）

民國二十三年十二月印刷
民國二十三年十二月發行

編者 盧冀野

發行者 中華書局有限公司 代表人 陸費逵

印刷者 上海靜安寺路 中華書局印刷所

總發行所 上海棋盤街 中華書局

分發行所 各埠 中華書局

（八二〇六）